QUAND UNE LIONNE CHASSE

LE CLAN DU LION #8

EVE LANGLAIS

Copyright 2022 © Eve Langlais

Couverture réalisée par Yocla Designs © 2021/2022

Traduit par Emily B, 2021

Produit au Canada

Publié par Eve Langlais

http://www.EveLanglais.com

ISBN livre électronique: 978-1-77384-3056

ISBN livre pochet: 978-1-77384-3063

Tous Droits Réservés

Ce roman est une œuvre de fiction et les personnages, les événements et les dialogues de ce récit sont le fruit de l'imagination de l'auteure et ne doivent pas être interprétés comme étant réels. Toute ressemblance avec des événements ou des personnes, vivantes ou décédées, est une pure coïncidence. Aucune partie de ce livre ne peut être reproduite ou partagée, sous quelque forme et par quelque moyen que ce soit, électronique ou papier, y compris, sans toutefois s'y limiter, copie numérique, partage de fichiers, enregistrement audio, courrier électronique et impression papier, sans l'autorisation écrite de l'auteure.

CHAPITRE UN

Le chat, le regard plein de malice, se jeta sur lui et Theodore évita ses griffes acérées de justesse. La bête maléfique glapit et siffla, exprimant sa déception face à l'absence de sang.

Theodore eut un peu envie de grogner en retour, mais à la place, il finit par éternuer. Encore. Foutues allergies.

Voilà pourquoi il n'avait pas d'animaux domestiques.

Atchoum. La troisième fois, en visant stratégiquement, s'avéra être la bonne, car le petit diable blanc et poilu s'enfuit, éparpillant encore plus de papiers sur la table. Des factures de service public. Certaines tachées. Des reçus froissés. Il y avait aussi des coupons, quelques recettes et des pages colorées arrachées à des magazines.

Un vrai bazar. C'était presque assez pour le faire

défaillir. Il allait clairement avoir besoin d'une brosse anti-peluches. Les poils qui collaient à ses vêtements se détachaient sur le tissu noir de son pantalon. Heureusement qu'il gardait un pantalon de rechange dans le coffre de sa voiture. Il allait devoir se changer avant de monter dans celle-ci.

Madame Peterson – une dame de quatre-vingts ans, d'après sa date de naissance – sortit de la cuisine avec une tasse de thé, la main tremblante et tenant une assiette de biscuits dans l'autre. Elle posa la boisson devant lui. Un cheveu flottait sur la surface du liquide chaud.

Fut un temps, au début de sa carrière, où il aurait pu avoir un haut-le-cœur. Mais là, il lui dit simplement :

— Merci.

Et ignora ensuite la boisson.

Elle posa l'assiette de biscuits – probablement préparée dans une cuisine pleine de poils, de poussière et de pellicules – à côté.

Son estomac se recroquevilla, terrifié. Il était hors de question qu'il mange ou boit quoi que ce soit. Il se fichait de l'excitation et du grand sourire de la vieille dame quand elle s'exclama :

— Ils sont faits maison !

Étant donné que les poils de chat semblaient recouvrir sa maison, ce n'était pas vraiment une bonne chose.

— C'est très gentil, Madame Peterson, mais vous

étiez censée aller chercher vos reçus. Vous vous souvenez, ceux qui détaillent ces déductions ?

Il pointa du doigt la petite inscription sur le formulaire. L'écriture était bancale, sauf là où de gros remboursements devaient être versés. Ces nombres-là étaient assez clairs et conséquents et correspondaient à des reçus qu'il n'avait pas encore vus.

Mme Peterson continuait de gagner du temps sous couvert d'hospitalité. Il n'y crut pas une seconde.

— Je peux vous assurer que toutes ces déductions étaient des procédures médicales nécessaires, dit-elle en s'asseyant dans un fauteuil en face de lui, observant attentivement la tasse de thé qu'elle lui avait servie.

— Donc vous avez des preuves et des factures. Comme je vous l'ai dit tout à l'heure, j'ai besoin de les voir.

— Vous croyez que je mens ? Je n'oserais jamais ! déclara-t-elle d'un ton indigné.

Elle changea rapidement de sujet.

— Vous n'avez pas bu votre thé.

— Je n'ai pas soif et je ne vous accuse de rien, Mme Peterson, mais je vais avoir besoin de plus que votre parole pour prouver que ces dépenses médicales existent.

Elle leva les yeux vers lui.

— Oh, les jeunes d'aujourd'hui vous êtes toujours dans l'urgence, encore et encore. Vous n'avez aucun sens des bonnes manières. De mon temps, on buvait une bonne tasse de thé avant de passer aux choses sérieuses.

Il soupira.

— Mme Peterson, comme je vous l'ai déjà dit, ce n'est pas une visite de courtoisie.

— Et n'est-ce pas justement le problème de nos jours ? Personne n'a plus le temps de discuter. Tout le monde est collé à son téléphone et cet Internet, dit-elle en reniflant.

— Mme Peters...

Ding. Dong.

— Tiens donc. Des visiteurs. J'espère que ce n'est pas mon ingrat de fils et cette garce.

La garce en question était sa belle-fille de trente-cinq ans. Il avait déjà entendu parler d'eux. Et il comprenait pourquoi ils ne venaient pas lui rendre visite. Sauvée par le gong. Mme Peterson tituba jusqu'à la porte d'entrée pour aller ouvrir. Theodore prit le temps de saisir cette fichue tasse d'eau sale et de jeter son contenu dans le récipient le plus proche qu'il trouva. Le bol d'eau du chat changea de couleur alors qu'il y versait le thé. Il se tenait debout et faisait semblant de porter la tasse vide à ses lèvres quand Mme Peterson revint.

— Désolée pour ce désagrément. Quelqu'un voulait venir vérifier mon compteur d'eau malgré le gentil monsieur qui est venu le mois dernier.

— Vous ne devriez pas les laisser entrer chez vous.

Il reposa la tasse et elle le regarda d'un air narquois.

— Ah, ça, c'est un bon garçon.

— Si on pouvait se remettre au travail. Les reçus. Tout de suite, dit-il d'un ton plus ferme.

— Je suis désolée, mais comme je l'ai précisé au précédent type du fisc, je ne les ai pas. Parce qu'ils n'existent pas, affirma-t-elle avec audace et sans un soupçon de tremblement dans la voix. Le gouvernement est un vautour sanguinaire qui croit pouvoir mettre ses griffes sur la pension que mon mari m'a versée.

— Je ne suis pas ici pour débattre sur nos lois.

— Mais vous êtes là pour les appliquer.

— Vous ne nous laissez pas le choix. Vous avez obtenu un remboursement de soixante-quinze-mille dollars.

Ce qui avait déclenché les premiers signaux d'alarme au bureau.

— Et ? J'ai simplement rempli les documents comme j'étais censée le faire, se défendit-elle.

— Vos revenus n'étaient que de trente-mille.

— Parce que l'entreprise pour laquelle mon cher Gordie travaillait l'a faite à l'envers à ses employés, s'énerva-t-elle.

Repérant un mouvement sur le côté, il vit que le chat lapait son bol d'eau. Il semblait apprécier le thé, probablement parce qu'il était aromatisé aux poils de chat.

— Je ne suis pas ici pour discuter du montant de votre pension, mais pour le fait que vous ayez demandé un remboursement pour une facture qui dépassait celui-ci, ce qui est impossible puisque vous avez affirmé ne pas avoir d'autres biens que cette maison.

Elle soupira et leva les yeux au ciel d'un air dramatique.

— Et c'est pour cela que le dernier type qui est venu est désormais en train de pourrir dans la cave.

— Vous venez d'avouer le meurtre de mon collègue disparu ? demanda-t-il doucement, sans laisser transparaître ses émotions.

— Oui, dit-elle assez fièrement. Et vous êtes sur le point de le rejoindre. C'est de votre faute, vous savez. Venir embêter une vieille dame en fin de vie, renifla-t-elle. Vous feriez mieux d'utiliser le peu de temps qu'il vous reste pour méditer sur l'erreur que vous avez faite en travaillant pour le gouvernement.

— Et comment comptez-vous m'éliminer ? demanda-t-il.

— Je l'ai déjà fait avec le thé que vous avez bu ! dit-elle d'un air sournois. Je l'ai empoisonné, Vous serez mort d'ici quelques minutes.

— Est-ce là que je devrais vous avouer que je ne l'ai pas bu ? Votre chat en revanche, oui, dit-il en faisant un geste vers l'animal et regretta de ne pas porter de caméra sur lui.

Car la situation dégénéra.

— Bébé ! Non ! cria Mme Peterson.

La vieille dame bondit de sa chaise et prit le chat

qui faisait sa toilette à côté. L'animal miaula et se tortilla pour se libérer de son emprise.

— Je ne crois pas qu'il en ait beaucoup bu. Nous pourrons appeler un vétérinaire une fois que nous aurons conclu cette affaire.

— On ne conclura rien du tout espèce de... de... tueur de chats !

Mme Peterson saisit une aiguille à tricoter et chercha à le blesser. Il écarta l'aiguille et après une petite lutte qui lui confirma qu'il devait passer plus de temps à la salle de sport, il parvint à maîtriser la fraudeuse fiscale. Il ne culpabilisa absolument pas quand il la menotta. Elle pouvait lui jeter autant de regards noirs qu'elle voulait. Elle avait enfreint la loi.

— C'était vous qui étiez censé boire ce thé ! cracha-t-elle.

— Et vous, vous auriez dû vous en tenir aux déductions légitimes, dit-il.

Mme Peterson, qui commettait des fraudes fiscales depuis un certain temps déjà, alla en prison. Et le chat, malgré ce qu'il en pensait, fut sauvé.

Une fois son travail effectué, Theodore rentra chez lui – en tenue de rechange, son costume crasseux emballé. Une fois à la maison, il le posa immédiatement sur la pile de vêtements qui allaient au pressing et il prit une longue douche en utilisant beaucoup de savon pour s'assurer qu'il ne reste plus aucune trace du félin sur lui.

Il détestait les chats. Sa grand-mère en avait plein

la maison quand il était petit. Ces sales trucs n'aimaient pas le petit garçon qui était venu vivre chez leur propriétaire. Ils faisaient pipi sur son oreiller. Grattaient ses affaires. Quand il avait développé ses allergies, sa grand-mère l'avait envoyé en pension. Cela s'était avéré être une bonne chose.

Theodore avait apprécié le cadre et la propreté de l'académie. Il lui devait l'homme qu'il était devenu. Un homme qui aimait l'ordre. Et non le chaos. Les règles lui posaient les limites dont il avait besoin.

Le lendemain de l'arrestation de Mme Peterson, Garry Maverick l'appela dans son bureau. Un des hauts responsables du bureau qui lui avait récemment donné des missions plus intéressantes. Il espérait que cela signifiait qu'il obtiendrait bientôt cette promotion pour laquelle il avait travaillé dur.

— Theo, bien joué pour l'affaire de la grand-mère enceinte.

Car non seulement Mme Peterson avait exigé un énorme remboursement qui ne lui était pas dû, mais en plus, elle avait également prétendu que c'était parce qu'elle avait eu des jumeaux. Elle aurait pu bénéficier d'une certaine clémence si elle n'avait pas essayé d'éliminer l'agent qui avait été envoyé pour la questionner.

— Avez-vous trouvé l'autre agent, monsieur ?

— Oui, dit Maverick.

L'homme qui avait choisi Theo pour cette mission paraissait sombre.

— À peine en vie à cause du poison, mais il est

actuellement en voie de guérison à l'hôpital. Bon travail.

— Merci, monsieur.

Comme s'il pouvait s'adresser différemment à cet homme au regard d'acier.

— Bon, Loomer – l'emploi des noms de famille était assez courant au bureau – vous avez été très prometteur sur les cas plus compliqués que je vous ai assignés. Et si je vous disais que nous avons une affaire importante sur laquelle nous aimerions que vous jetiez un œil ? Nous avons besoin de votre avis.

— Une autre mission sur le terrain ?

Theodore se redressa dans son siège. Ce n'était que récemment qu'on lui avait donné la chance d'effectuer des missions sur le terrain. Jusqu'à présent, il n'avait été qu'auditeur interne, ce qui ne le dérangeait pas. Les nombres avaient un côté ordonné qu'il aimait beaucoup. Il avait résolu de nombreuses affaires sans jamais quitter le bureau. Cependant, il reconnaissait une certaine excitation à l'idée de quitter ce bureau austère pour travailler pour Maverick en personne, un homme dont on parlait à voix basse.

—Nous pensons que cela pourrait être une affaire énorme, dit Maverick en glissant le dossier vers lui.

Theodore l'ouvrit et remarqua qu'il contenait plusieurs documents. En l'étudiant rapidement, il remarqua immédiatement certains détails.

— D'après l'adresse dans ces dossiers, ils vivent tous au même endroit.

— C'est une énorme résidence en centre-ville. L'accès est très restreint.

Theodore tapota son doigt sur le dossier.

— Je vois que certains ont le même nom de famille. J'imagine qu'ils sont tous liés.

— À peu près tout le monde dans cette résidence est lié d'une manière ou d'une autre. Vu le nombre d'incidents, nous pensons que toute la famille est impliquée dans l'arnaque et cela va bien au-delà des impôts.

Mais en se servant des impôts comme excuse, ils pourraient regarder tout ça de plus près et auraient alors un motif pour un mandat ou autre.

— Avez-vous remarqué quelque chose qui sort du lot ? demanda Theodore.

— Pas vraiment, à part qu'ils sont très discrets. Les premières recherches n'ont rien donné. Ils sont très peu présents sur les réseaux sociaux, ce qui est assez étrange de nos jours.

— Ils n'aiment peut-être pas spécialement être connectés.

Theodore n'était certainement pas du genre à s'adonner au divertissement électronique. Les ordinateurs c'était pour le travail. Quand il prenait du temps pour lui, il préférait cuisiner ou lire un classique.

— Ils semblent également être adeptes de la comptabilité créative. Ils fraudent le fisc depuis des années maintenant.

— Rien de très important cependant. Aucun remboursement n'excède les dix mille dollars.

— Oui, mais regardez ce qu'ils déclarent comme déductions professionnelles.

Theodore fronça les sourcils.

— Ça fait beaucoup de dépenses pour quelque chose qui ne rapporte pas d'argent.

— Et ce n'est pas tout, dit Maverick. Quand on a demandé les factures, ils ont envoyé celles-ci.

Retournant le dossier, il vit des photocopies de reçus froissés. Certains d'entre eux étaient irrecevables. Comment pouvait-on prétendre qu'une manucure et une pédicure étaient nécessaires pour le travail ?

— C'est quoi ces grosses dépenses ? Il n'y a aucune information sur l'entreprise qui aurait vendu ces prestations ni ce dont il s'agit vraiment, dit-il en pointant du doigt un reçu écrit à l'ordinateur avec tout un tas de chiffres et de lettres, comme un numéro de série.

Une quantité de dix mille avait été détaillée dans une autre colonne ainsi qu'un sacré montant en dollars.

— Nous ne savons pas vraiment de quoi il s'agit, mais on aimerait bien le découvrir. C'est peut-être en lien avec les éléments plus importants que j'ai mentionnés.

Theodore continua de parcourir le dossier.

— Tous ces documents concernent des femmes âgées de vingt à cinquante ans.

— Deux d'entre elles semblent être la mère et la fille. Et deux autres semblent être cousines.

— La situation matrimoniale est assez confuse. Tout comme leurs conditions de vie, remarqua Theodore.

— Les colocataires et conjoints pourraient indiquer que d'autres personnes sont impliquées.

Theodore referma le dossier.

— Je vais faire quelques recherches, commencer mon enquête puis prendre rendez-vous avec les personnes concernées.

— C'est déjà fait. Les courriers les informant qu'ils font l'objet d'un audit ont déjà été envoyés avec les heures de rendez-vous fixées. Aucun d'eux n'a appelé pour reporter le rendez-vous. Le premier est demain après-midi. Melly Goldeneyes.

— C'est un peu à la dernière minute, remarqua Theodore, se rappelant grâce à sa mémoire eidétique le dossier auquel Maverick faisait référence.

Celui de Melly était accompagné d'une photo de permis de conduire qui n'était pas très flatteuse. Elle louchait et ses cheveux partaient dans tous les sens, comme si elle sortait d'une tornade.

— Je suis sûr que vous saurez vous débrouiller. Nous devons nous occuper de ce dossier.

— Je m'en occuperai, mais pourquoi cette urgence ? Ne pensez-vous pas que ça paraîtra suspect ?

L'IRS n'était pas connu pour être rapide.

— Car nous avons des raisons de croire que des animaux sont en danger.

Comme il n'était pas très fan des bêtes, il ne préféra pas partager sa première réaction à voix haute.

— Si c'est ce que vous croyez, pourquoi ne pas faire un raid ?

— Parce que la situation est délicate. On ne peut pas se précipiter sans preuve. Les répercussions...

Maverick secoua la tête.

— Nous devons être sûrs. Réglez ça rapidement et vous pourrez prendre quelques jours de congés.

Des congés ? Pour quoi faire ? Il ne lui restait plus rien à nettoyer chez lui et même lui pouvait se lasser de lire.

— Vous pouvez compter sur moi.

Theodore passa cette journée et la suivante à lire les documents, prendre des notes et planifier exactement ce qu'il allait demander. Il prépara une liste de questions. Les numérota et ajouta des sous-titres à certaines d'entre elles. Il allait prouver à Maverick qu'il pouvait continuer à travailler sur le terrain.

Le jour du rendez-vous, il fit plusieurs fois le tour du bâtiment, l'examinant en se faufilant. Celui-ci pointait vers le ciel, un grand gratte-ciel doré avec un mur tout autour.

Comme la route qui contournait l'immeuble ne disposait pas de places de parking, il dut se garer dans un garage à quelques rues de là. La place, qui se situait entre un pilier et un mur, sans personne dans son dos, offrait la meilleure protection possible à sa voiture.

Alors qu'il marchait vers l'adresse inscrite sur le

dossier, il choisit de monter sur le trottoir qui longeait l'énorme mur. Il s'étendait sur toute la longueur du pâté de maisons et tournait à l'angle pour continuer sur un autre bloc. Il assurait la sécurité de ceux qui se trouvaient à l'intérieur, tout comme les caméras qui parsemaient les coins, surveillant chaque bord. Cependant, il aperçut un arbre dont la branche pendait au-dessus du mur. La verdure en ville était de plus en plus commune alors que les gens cherchaient à avoir un peu de nature autour d'eux.

Il aurait préféré qu'ils s'en tiennent au plastique. Il était allergique au pollen et à l'herbe.

Longeant le mur, Theodore finit par atteindre une grande allée fermée par un portail, assez large pour deux véhicules. S'approchant du portail, il remarqua un interphone avec un bouton en dessous. Il le pressa avec un mouchoir.

Bzzzzt.

Il ne se passa rien.

— Excusez-moi ?

Il ne savait pas si quelqu'un l'entendait.

— Bonjour ? dit-il en appuyant à nouveau sur le bouton.

Une voix nasillarde et endormie lui répondit :

— Qu'est-ce que vous voulez ?

— J'ai rendez-vous avec quelqu'un dans l'unité cinq C.

— Revenez un autre jour.

— Mon rendez-vous avec cette personne est aujourd'hui, insista Theodore.

— Vous savez, c'est à la mode d'être en retard.

— Pas pour le travail, non.

Il lutta pour rester calme. Pourquoi l'homme à l'interphone était-il si désagréable ?

— Bref. J'ai pas envie de vous entendre pleurnicher pendant des heures, alors entrez.

Une petite porte dans le grand portail s'ouvrit avec un « clic » et Theodore entra, remarquant la caméra qui l'observait. Cette sécurité renforcée n'était pas vraiment surprenante. Au cœur de la ville, la criminalité était croissante. Les résidents de ce bâtiment appréciaient manifestement l'intimité et la sécurité.

Il y avait également une quantité surprenante d'espaces verts. Theodore s'arrêta à mi-chemin de l'énorme résidence. Alors que l'allée était sombre et formait un rond-point au niveau des portes d'entrée, bifurquant également sur la droite vers un garage souterrain, tout le reste était vert. De la clôture à la structure elle-même, les buissons et les arbres florissaient. Des gens étaient allongés sur l'herbe verdoyante, le visage incliné vers le soleil chaud.

Cette paresse indolente le mettait mal à l'aise. Theodore était heureux au travail. Dès qu'il n'avait plus de travail, il trouvait d'autres choses à faire, comme le ménage, trier ses vêtements par couleur et style ou réarranger ses placards pour une efficacité maximale. Il ne lisait qu'une heure par jour pour se faire plaisir. Sa dernière petite amie l'avait qualifié de rigide et ennuyeux. Ça ne le dérangeait pas. Mais après dix ans de séparation, il était peut-être temps pour lui de revoir ses exigences en termes de partenaire.

Alors que Theodore s'approchait du bâtiment, il remarqua les bords d'un portail relevé au-dessus de la porte. Celui-ci s'abaissait probablement pour protéger l'entrée en verre. Un dispositif de sécurité intéressant.

Les caméras sur la porte étaient en évidence. Les yeux vidéo voyaient tout. Il choisit de les ignorer.

Faite de verre et ornée de métal doré, la porte s'ouvrit en glissant à son approche. Cela aurait pu être perçu comme un manque de sécurité jusqu'à ce qu'il aperçoive le garde costaud derrière un bureau qui le repéra immédiatement. Theodore allait devoir s'enregistrer. À côté de l'entrée, à l'intérieur, se trouvaient des canapés et quelques gros fauteuils confortables. Étonnamment, de nombreuses personnes s'y prélassaient. La plupart étaient des femmes. Et elles le regardaient toutes silencieusement. Sans dire un mot. C'était assez étrange.

Bizarrement, il frissonna quand l'une d'entre elles lui fit un clin d'œil en souriant.

— Je peux vous aider ? demanda l'agent.

Son badge indiquait qu'il s'appelait Garfield.

— Bonjour, je suis Theodore Loomer du fisc.

Il tendit la main vers son portefeuille et l'agent de sécurité se leva.

— Les mains en l'air ! aboya ce dernier, moins indolent qu'il n'y paraissait.

— Je prends juste ma pièce d'identité, dit Theodore en ouvrant son portefeuille, montrant son badge.

L'agent se détendit.

— Le fisc, hein ? Vous êtes là pour voir qui ?

Il sortit une copie de la lettre envoyée au premier nom sur sa liste.

— Melly Goldeneyes.

— Ouuuh, Melly va avoir des problèmes, chuchota assez bruyamment quelqu'un derrière lui.

Il se retourna et tout le monde semblait occupé ou regardait ailleurs.

L'agent lui rendit la lettre.

— Ce sera au cinquième étage. Escaliers ou ascenseur ? dit ce dernier en pointant du doigt les deux directions.

— Vous n'allez pas l'appeler ? demanda-t-il.

— Et gâcher la surprise ? dit Garfield en souriant.

Son sourire aurait dû le rassurer, mais celui-ci était un peu arrogant.

— Hum, merci.

Serrant sa mallette contre lui, Theodore s'avança vers l'ascenseur, gardant un œil sur les gens qui se prélassaient. Même s'ils semblaient l'ignorer, il ne pouvait pas s'empêcher d'avoir l'impression qu'ils l'observaient attentivement. Sa peau le picotait alors qu'il était en alerte et l'envie de se retourner pour regarder le poussa à serrer les dents et avancer.

La porte de l'ascenseur était déjà ouverte. Theodore entra, appuya sur le bouton cinq et se retourna. Alors que les portes se fermaient, il fut stupéfait en voyant toutes les têtes se tourner vers lui. Il aurait pu jurer avoir entendu des rires.

L'intérieur de l'ascenseur, comme le reste de la résidence était somptueux, arborant des tons or et plusieurs miroirs. Son nez le démangea. Quelqu'un avait dû amener son fichu animal de compagnie. Il le sentit à son envie soudaine d'éternuer.

Il mit un mouchoir sur sa bouche.

L'ascenseur le déposa au cinquième étage juste au moment où il éternuait.

Atchoum !

Alors qu'il se reprenait, il entendit une porte claquer. Étrange, il n'avait pourtant vu personne. En regardant autour de lui, il vit un couloir gris – un tapis couleur ardoise, des murs clairs et des appliques dorées pour éclairer le chemin.

Agrippant fermement sa mallette, il descendit le petit couloir jusqu'à l'intersection en forme de T. Gauche ou droite ?

En jetant un coup d'œil de chaque côté, il vit des nombres impairs à sa gauche et pairs à sa droite. Les portes étaient basiques et même s'il n'y avait pas de judas sur celles-ci, il remarqua les caméras qui observaient ses moindres faits et gestes.

Combien coûtait cet endroit étant donné les commodités qu'il avait remarquées jusqu'à présent ?

Comment les personnes sur lesquelles il avait été envoyé pour enquêter pouvaient-elles se le permettre ?

Il choisit une direction et il ralentit le pas lorsqu'il aperçut une porte ouverte. De la musique s'en échappait. Jetant un coup d'œil à l'intérieur, il vit que c'était le chaos. Un chaos total. Assez pour qu'il ait envie de prendre un balai et tout nettoyer.

Son nez le démangea à nouveau. La personne qui vivait là devait avoir un chat ou chien. Peut-être même les deux. Ça risquait de mal tourner. Avec un peu de chance, il pourrait faire cet entretien rapidement.

Il toqua doucement contre la porte ouverte.

Personne ne lui répondit.

— Il y a quelqu'un ? demanda-t-il.

Mais la musique masquait sa présence et il ne comptait pas hurler par-dessus.

Il franchit le seuil et regarda autour de lui. L'aménagement était assez classique. Le salon était combiné avec une salle à manger et une cuisine. Une grande baie vitrée au fond offrait une lumière naturelle. Il remarqua le canapé avec ses coussins à même le sol et tressaillit, se bloquant presque l'épaule gauche.

Quel genre de porc vivait ici ?

Le propriétaire de la cuisine semblait avoir décidé d'utiliser le comptoir comme garde-manger en y posant plusieurs boîtes de céréales ouvertes, un panier de fruits assez grand pour nourrir toute une famille et de la vaisselle sale dans l'évier. Son autre épaule tressaillit. Ce désordre n'était pas son problème.

Il remarqua d'autres détails comme la boîte à pizza sur ce qui devait être une table basse – difficile à dire avec toutes les bouteilles, les canettes et les manettes de jeux vidéo qui la recouvraient.

La télévision prenait tout le mur. Un grand écran plat était entouré de quatre plus petits. D'autres portes se trouvaient de l'autre côté de l'appartement. La plus proche de sa position était probablement un placard. Celle dont plusieurs vêtements s'échappaient devait être la buanderie. Tellement de vêtements.

Marchant prudemment, il se fraya un chemin à travers l'appartement qui semblait avoir été retourné par une tornade. Le propriétaire devait forcément être là, vu que la porte était ouverte. Il évita de justesse de marcher sur un string. Un minuscule morceau de tissu bleu clair en dentelle.

Le chatouillement s'intensifia et pourtant, l'endroit ne sentait pas fort. Du moins, ça ne sentait pas mauvais au moins. Mais quelque chose imprégnait l'air, et c'était même plutôt agréable.

Il passa devant les culottes et la boîte à gâteaux déchirée au pied de la porte de cette horrible buanderie. Il tomba sur des fesses rebondies quand il jeta un coup d'œil par la porte.

De jolies fesses.

Il se souvint alors de la photo du permis de conduire.

— Hum, hum.

La tête, en bas, les fesses en l'air, cherchant le petit

papier collant qui était tombé de la liasse de documents qu'elle tenait dans ses mains, la fille regarda entre ses jambes, la tête à l'envers. Ses cheveux noirs et épais tombaient en cascade, ses yeux étaient cerclés de cils sombres et ses sourcils étaient joliment définis.

Elle l'observait. Admirant probablement le pli fin de son pantalon comparé à sa tenue plutôt miteuse. Son jean avait clairement besoin d'être remplacé, vu le nombre de trous.

— Qui vous a laissé entrer ? demanda-t-elle sans se redresser.

Une partie de ses fesses était visible à travers la fente de son pantalon. Sa culotte, comme celle qu'il avait aperçue par terre, était visiblement un string.

Enfin, du moins si elle portait des sous-vêtements tout court.

Il détourna les yeux.

— La porte était grande ouverte et personne n'a répondu quand j'ai appelé.

— Vous êtes le type du fisc ? demanda-t-elle en attrapant un autre papier collant sur sa chaussure.

En le récupérant, elle se releva – mais pas très haut, car elle faisait à peine plus d'un mètre cinquante – et le regarda.

Elle était toute petite. Étroite. Et pourtant, elle envahissait son espace. Sa bulle. Il fit un pas en arrière.

— Vous êtes Melly Goldeneyes ?

— Ça dépend pour qui.

— Je suis de l'IRS.

— D'après ma lettre, vous êtes en avance.

Il tapota sa montre.

— Il est quatorze heures pile.

— Vous n'êtes pas au courant que c'est à la mode d'être en retard ?

— Nous avons un rendez-vous.

— Je sais, c'est pour ça que je réorganisais mes affaires.

Elle fit un geste de la main pour montrer tous les documents étalés sur son lit.

— Tada !

Il jeta un coup d'œil vers la pile, puis vers elle.

— Vous n'êtes pas sérieuse. Ce n'est pas organisé ça.

— Ah bon ? Pourtant tout est au même endroit.

Il résista à l'envie de tirer sur ses lunettes. Son nez le démangea un peu plus.

— Veuillez rassembler vos documents et les apporter là où nous pourrons les trier correctement s'il vous plaît.

— Maintenant ?

— Oui, maintenant.

Elle fit la moue.

— Mais j'allais jouer au foot sur le toit.

— Pas tant que nous n'avons pas terminé ce que nous avons à faire.

Elle soupira.

— On ne peut pas en finir tout de suite ? Ouais, j'ai peut-être été un peu créative avec ce que j'ai déclaré, mais même Arik dit que mon rôle est difficile à définir.

— Qui est Arik ?

Était-ce son petit ami ? Un gardien ? Quelqu'un qui avait besoin d'embaucher une femme de ménage pour cette femme ?

— C'est votre employeur, dit-il en sortant le dossier pour trouver l'information. Les Industries du Clan. Propriété et gestion familiales.

— Pas seulement la famille, sinon ce serait de l'inceste, dit-elle en fronçant le nez. On fait attention à ce genre de choses, expliqua-t-elle en le regardant de bas en haut. Comment est la génétique dans votre famille ?

— Ça ne vous regarde pas, rétorqua-t-il d'un ton acerbe.

— Ouh, vous êtes féroce, j'aime bien.

Elle s'allongea sur le lit.

— On arrête les bavardages inutiles et on passe directement au sexe ?

— Pardon ?

Il saisit immédiatement sa cravate qui le serrait. De la sueur perla sur ses sourcils. Cette femme ne se comportait pas comme prévu.

— Allez. Je sais comment ça marche. J'ai été une très vilaine fille et vous voulez résoudre mon problème. Nous savons tous les deux que vous attendez que je vous soudoie pour faire disparaître cette petite histoire avec le fisc.

— Vous ne pouvez pas m'acheter, dit-il d'un ton pincé.

— Pff, sans blague ? Je n'ai pas d'argent c'est pour

ça que le sexe est le moyen le plus évident, je dirais même, votre meilleure option, lâcha-t-elle avec un clin d'œil. Ne t'inquiète pas petit intello, je vais pimenter ta vie.

Elle tendit la main et il recula, assez vite pour heurter le mur.

— On ne couchera pas ensemble.

— Pourquoi ? souffla-t-elle. Ne me dis pas que t'es marié. T'as une copine ? Probablement. Seule une connasse jalouse te forcerait à t'habiller comme un jeune cadre dynamique coincé. Je veux dire, regarde comme cette cravate est serrée.

Elle tendit à nouveau la main vers lui.

Il l'esquiva une seconde fois.

— Ne me touchez pas.

— C'est quoi le problème ? T'as peur que ta femme le découvre ? Tu pourras prendre une douche quand on aura fini. Elle ne le saura jamais. Même si elle se demandera sûrement pourquoi tu es soudain devenu une bête de sexe. C'est pourquoi je préfère te prévenir qu'après ça, quand tu coucheras avec d'autres femmes, ça te paraîtra nul.

— Je ne suis pas marié et nous ne coucherons pas ensemble.

Quel culot elle avait ! Le soudoyer avec du sexe au lieu d'admettre qu'elle avait menti sur ses impôts.

Et il refusait. En étant moralement supérieur à la plupart des gens, il ne s'envoyait pas souvent en l'air.

— Pas de sexe. J'ai compris. De nos jours, il faut

être prudent. Toutes sortes de maladies circulent, mais je t'assure que je suis clean. Mais si tu ne veux pas me croire sur parole, alors j'imagine que je peux te proposer une pipe.

— Non.

— Deux pipes et un doigt dans les fesses ?

Il contracta la mâchoire.

— Mademoiselle Goldeneyes, c'est très embêtant. Je ne suis pas ici pour jouer avec vous.

— C'est dommage, dit-elle en roulant sur les papiers. J'aime bien jouer. Surtout quand je peux gifler des trucs. T'aimes être giflé ? demanda-t-elle en battant des cils.

Il n'avait jamais été aussi tenté de donner une fessée à quelqu'un. Au lieu de ça, il se tint droit et dit de sa voix la plus sévère :

— Rassemblez les factures et mettez-les sur la table de la cuisine. On travaillera ici.

— Tu veux le faire sur la table ? T'es coquin. Ça me plaît. Est-ce qu'on va se la jouer *9 semaines ½*[1] à l'ancienne et se servir du frigo ? Je crois que j'ai un pot de crème fouettée et un peu de beurre là-dedans.

— Et de la moisissure aussi j'imagine, marmonna-t-il.

— Ouais, je ne m'approcherais pas du fromage si j'étais toi. Je suis presque sûre qu'il a engendré des bébés fromages qui sont sur le point d'envahir tout le tiroir à produits laitiers.

Il fronça le nez alors que ce dernier le démangeait.

— Vous avez un chat ?

Ses lèvres s'étirèrent en un grand sourire.

— Eh bien oui, effectivement. Une grosse chatte. Mais elle est gentille une fois qu'on apprend à la connaître. Si tu la caresses comme il faut elle pourra même te griffer.

— Vous ne voulez pas plutôt dire ronronner ? murmura-t-il en faisant de son mieux pour ne pas regarder cette femme étalée sur son lit.

Mais cela signifiait alors voir toute cette lingerie éparpillée dans la pièce et l'imaginer sur elle.

— Nan, quand ma chatte est heureuse elle miaule et mord, dit-elle avec un clin d'œil. Tu veux la rencontrer ?

Il n'arrêtait pas d'avoir des pensées obscènes, aussi il lui répondit d'un ton assez brusque :

— Apportez les reçus sur la table et gardez votre féline enfermée. Je ne suis pas d'humeur à caresser des chattes aujourd'hui.

---

1. Film érotique américain de 1986

CHAPITRE DEUX

Comme c'était fascinant. Monsieur Propre sur Lui l'évitait et Melly avait envie de savoir pourquoi. Était-ce parce qu'il n'aimait pas les femmes ?

Il l'avait remarquée pourtant. Elle n'était pas aveugle. Il était attiré par elle. Elle pouvait le sentir dans l'air.

Essayait-il de se faire désirer ?

Elle adorait relever des défis.

Peut-être qu'elle n'était pas son style. Ce qui serait naze car lui, c'était vraiment son style. Un geek sexy dans un costume qui ne demandait qu'à être enlevé avec une cravate impeccablement nouée et des lunettes à montures épaisses qu'elle avait envie d'arracher. L'IRS lui avait envoyé un intello sexy.

Je nous verrais très bien jongler avec les chiffres ou avec autre chose... Toute la nuit. Grrr.

— Pardon ? dit-il ayant clairement entendu quelque chose.

Il jeta un coup d'œil par-dessus son épaule. Elle lui sourit d'un air malicieux.

Il se retourna rapidement et s'assit à sa table. Il poussa tout le bordel sur le côté pour avoir assez d'espace et poser sa mallette.

Il l'ouvrit avec un clic. Elle espérait y voir un trésor. Peut-être quelques sex toys ou des pinces à tétons. Mais elle n'était remplie que de documents, à sa grande déception.

Il sortit un dossier et ferma la mallette des rêves brisés.

La mettant par terre, il posa ensuite ce qu'elle comprit être son dossier.

— Pouvons-nous commencer ? demanda-t-il.

La curiosité la piqua et elle pointa son doigt vers le classeur.

— C'est quoi ça ?

— Votre dossier.

— Qu'est-ce qu'il dit ?

Il se pencha pour fouiller dans sa mallette en lui répondant :

— Que vous devez me montrer vos reçus pour que nous puissions en discuter.

Quel coincé. Elle ferait mieux de lui envoyer quelques photos d'elle nue. Ce pauvre homme semblait avoir besoin de tirer son coup pour se détendre un peu.

Cet humain était bien trop rigide. Et elle n'avait

pas besoin de se servir de son nez pour savoir qu'elle avait en face d'elle un humain, car un métamorphe mâle, en voyant ses seins baissés et son cul en l'air, n'aurait pas hésité à faire quelque chose de cochon comme lui tapoter les fesses ou les heurter. Il aurait probablement été mutilé au passage aussi – car c'était elle qui décidait qui elle mettait dans son lit.

En voyant M. Intello Sexy, elle s'était préparée à lui arracher ses vêtements, pensant faire d'une pierre deux coups – écarter la menace du fisc et baiser.

Mais il avait dit non.

Son ego exigeait une nouvelle tentative. Mais d'abord... elle balaya ce qu'il y avait sur la table.

L'homme grimaça quand ses affaires tombèrent par terre.

— Ç'aurait été si dur que ça de tout ranger ?

Elle cligna des yeux dans sa direction.

— Les ranger où ?

Il indiqua les différentes directions du doigt.

— Les vêtements dans la buanderie. La vaisselle dans la cuisine.

— Pour que la femme de ménage croie que je n'ai pas besoin d'elle ? Je ne pourrais pas lui faire ça, dit-elle en secouant la tête.

— Vous avez une femme de ménage ?

Il regarda autour de lui avec un regard sceptique.

— Elle vient une fois par semaine. Elle dit que je suis sa meilleure cliente. Je la garde occupée, confia-t-elle.

— J'imagine oui, marmonna-t-il. Et est-ce que son salaire fait partie de vos notes de frais ?

— Bien sûr que non, répondit-elle vivement. Le ménage n'est pas lié au travail sauf si j'ai un bureau à domicile. Même moi je sais ça.

— Je suis heureux de voir que vous comprenez la différence. Maintenant, si vous voulez bien – il tapota la table – les reçus s'il vous plaît.

Il était si mignon quand il était ferme avec ses cheveux noirs parfaitement coupés. Elle aurait bien mordillé ses lèvres.

Sauf qu'il avait dit non.

Quel culot.

Comme il ne bougeait pas, elle se rendit dans sa chambre et en ressortit avec les bras chargés de notes de frais et de documents. Elle les jeta sur la table, certains s'envolèrent et glissèrent avant qu'elle ne s'assoie en face de lui.

— Tada !

Il paraissait totalement abasourdi. Il n'avait probablement pas l'habitude qu'une fille comme elle lui obéisse. Dire que les gens avaient peur du fisc. Elle prévoyait de coopérer et de lui faciliter la tâche. Peut-être qu'ensuite elle pourrait lui enlever cette cravate ou au moins la secouer.

Il saisit une fine feuille de papier et fronça les sourcils.

— Cette facture est de cette année. Je ne veux que celles qui s'appliquent aux impôts de l'année dernière.

— Elles sont là aussi, avec celles de l'année d'avant.

— Vous voulez dire que tout ça...

Il ne soupira même pas. Elle voyait bien qu'il en avait envie, mais il se retint.

Pourrait-elle le pousser à bout ?

— J'aime les garder dans un tiroir de ma chambre. Sauf que maintenant c'est surtout la commode, parce que ça fait longtemps que je n'ai pas fait le tri.

Il allait bien finir par craquer.

— Pour les prochaines fois, vous devriez les trier par année et par genre, expliqua-t-il en sélectionnant quelques documents, créant diverses piles.

— Ça a l'air long et ennuyeux.

Mais c'était aussi hypnotisant. Elle observa ses mains, ses yeux faisant plusieurs allers-retours, sentant ses fesses s'agiter sur son siège, voulant bondir.

— Être organisée vous aidera à respecter la loi.

Il n'apprécierait probablement pas son opinion concernant la loi, alors à la place, elle se pencha en avant, s'appuyant sur ses coudes et le fixa du regard.

— Tu as un prénom ?

— Theodore Loomer.

— Quel nom sérieux, le taquina-t-elle. Tu as plus une tête à t'appeler Theo.

— Vous pouvez m'appeler soit Theodore soit M. Loomer.

— M. Loomer. C'est plutôt un nom de professeur, dit-elle avec un clin d'œil. Ça me plaît. Est-ce que mon professeur accepte de me donner une leçon ?

Si elle n'avait pas fait attention, elle n'aurait sûrement pas vu ses narines se dilater.

— Si nous pouvions nous reconcentrer sur le sujet, s'il vous plaît. Pouvons-nous parler de votre déclaration d'impôts ?

— Je préfère parler de toi. Pourquoi l'IRS ? Tu aimes être détesté ? Est-ce que ça t'excite ?

Voyant l'un des muscles de sa mâchoire tressauter, elle sourit.

— Je suis plutôt doué avec les chiffres.

— J'imagine que ce n'est pas la seule chose pour laquelle tu es doué, ronronna-t-elle.

L'observant toujours, elle remarquant le mouvement très léger de son corps. Même si Theodore disait non, l'homme, lui, paraissait très alerte.

— Commençons par les bases. Nom et date de naissance.

— Ne sont-ils pas écrits sur le papier en face de toi ? remarqua-t-elle en se penchant en avant pour le lui montrer.

— C'était pour confirmer.

— Tu es dans mon appartement. Qu'est-ce qu'il te faut de plus pour confirmer ?

— Êtes-vous Melly Goldeneyes ?

— Oui.

— C'est un diminutif ?

— Non, juste Melly. Ma mère n'est pas fan des deuxièmes prénoms ou prénoms fantaisistes.

— Date de naissance.

— Une dame ne révèle jamais sa date de naissance, ricana-t-elle. Mais nous savons tous les deux que je ne suis pas une dame. C'est le trente-et-un juillet mille-neuf-cent-quatre-vingt-dix et quelques.

Il la regarda.

Elle haussa les épaules.

— Maman ne sait plus trop quelle est l'année de ma naissance. Elle m'a eu dans les bois et a perdu la notion du temps.

— Il est écrit quatre-vingt-quinze, dit-il en tapotant avec son stylo.

— Très bien. Partons sur ça.

Il soupira et elle prit ça pour une petite victoire.

— Statut marital ?

— Célibataire mais je cherche activement. Je n'ai pas eu beaucoup de chance jusqu'à présent. J'ai essayé cette appli où on fait défiler à gauche ou à droite selon que l'on est intéressé ou non. Mais la plupart des gars cherchent des coups d'un soir et ce n'est pas mon cas. Je trouve que le sexe devrait avoir un sens.

Il renifla.

— C'est assez drôle que vous disiez ça puisque vous m'avez proposé de coucher avec vous il y a à peine dix minutes.

— Oui mais coucher pour fermer les yeux sur mes impôts, ça aurait eu un sens, sans oublier que j'aurais probablement croisé le chemin de Dieu ou toute autre divinité pendant que tu aurais été en moi.

Il trembla.

Elle sourit.

— Mais tu as dit non, dit-elle d'un ton énergique. Pourquoi as-tu refusé ? Est-ce que tu veux que j'appelle mon cousin Bertrand pour qu'il s'occupe de toi ? Il a environ mon âge et a vingt centimètres de...

Il la coupa.

— Pour la dernière fois, je ne souhaite ni coucher avec vous ni avec quelqu'un d'autre.

— Oui, bah pas besoin d'être désagréable.

Elle avait peut-être répondu de façon un peu insolente, probablement parce qu'il pouvait nier tout ce qu'il voulait, elle savait qu'il mentait.

— Est-ce qu'on peut se reconcentrer sur vos impôts ?

— S'il le faut.

Elle se pencha en arrière sur sa chaise et la fit tenir en équilibre sur deux pieds.

— Vous avez déclaré un revenu de quatre-vingt-trois mille l'an dernier.

— Oui.

— Avec des dépenses de soixante-quatorze mille.

— Et ?

— C'est quasiment la totalité de vos revenus.

— Ouais et ?

— C'est impossible. Votre prêt immobilier pour votre appartement et vos charges fixes représentent à eux seuls au moins un tiers.

— Je n'ai pas fait de prêt.

Il lui jeta un regard.

— Vous possédez cet appartement ?

— Pas vraiment. La famille me le prête. Gratuitement.

— Même s'il est payé, il y a d'autres dépenses. Facture de téléphone, assurance, nourriture.

— Tout ça est pris en charge par l'entreprise.

— Le Groupe du Clan paie pour toutes ces choses ? dit-il d'un air surpris.

— Tout est pris en charge pour ceux qui vivent dans la résidence. On a plutôt de la chance ici. Arik a été formidable.

Elle n'arrêtait pas de parler et il prenait des notes.

— Ça semble plutôt généreux.

— Que dire ? Arik est considéré comme un roi dans sa famille.

De plus d'une façon d'ailleurs.

— Quel est votre travail exactement au sein de la société ?

Elle se redressa dans son siège.

— Tout ce dont il a besoin. Quand j'ai de la chance, je suis chargée de la sécurité.

— Vous ?

Il la regarda de bas en haut, plus longtemps qu'il ne l'avait fait auparavant. Elle s'assura de prendre une grande inspiration et de bomber le torse.

— Pas besoin d'être grand pour être puissant. Je suis plus du genre à gérer la sécurité intérieure.

— La sécurité contre quoi ?

— Les rats du métier.

M. Intello Sexy n'avait pas besoin de savoir qu'elle parlait au sens littéral. Mais les compétences des rats en matière de hacking ne faisaient pas le poids face aux siennes.

Il saisit un document près des piles qu'il avait commencées et l'examina.

— Pouvez-vous m'expliquer ce qu'est ce reçu ?

Évidemment, il avait choisi la facture la plus importante. Ses yeux étaient sérieux derrière ses lunettes.

— C'est pour dix mille cartouches de munitions.

C'était parce qu'il était mignon et l'avait distraite qu'elle avait dit la vérité au lieu du mensonge qu'elle avait préparé.

— Des munitions, dit-il en lisant le document. Pour quoi faire ?

— Entraînement au tir. J'ai cherché à m'améliorer pour ne pas être toujours bloquée au bureau. Je suis toujours coincée derrière le clavier, c'est pas drôle.

Pendant une seconde, il écarta les lèvres et murmura :

— Je connais ça, oui.

— De toute façon, je me dis que si je peux tirer dans l'œil d'une dinde qui court à toute allure à cinquante mètres de moi, je suis capable de tout faire. C'est pourquoi les frais du champ de tir sont aussi dans la pile quelque part. j'ai un abonnement annuel, dit-elle en fouillant dans les documents.

— C'est un loisir, vous ne pouvez pas le déclarer.

— Je n'ai jamais dit que c'était un loisir.

Elle prenait l'amélioration de ses compétences au sérieux. Elle avait envie de passer du hacking au travail sur le terrain.

Il prit une autre facture et la brandit.

— Et ce reçu, c'est quoi ? C'est pour quoi ?

— Un lance-roquettes.

Il resta silencieux avant de parler à nouveau.

— Pourquoi auriez-vous besoin d'un lance-roquettes ?

— Parce que c'est drôle ?

— Et sur quoi est-ce que vous tirez exactement ?

— Surtout sur des cibles. Je m'entraîne parce qu'on ne sait jamais quand je pourrais avoir à tirer sur un hélicoptère au nom du devoir.

— Ce genre de choses n'arrive que dans les films.

— Si tu le dis.

Pas besoin de divulguer qu'ils avaient une excellente équipe de nettoyage dont le seul travail consistait à protéger leurs secrets et effacer tout crime – ou d'une protection excessive de la part du clan. Il ne restait pas une seule trace en ligne de la course-poursuite des lions sur la Cinquième Avenue. C'est vrai que les champignons hallucinogènes utilisés pour la sauce du rosbif à Thanksgiving avaient mis quelques heures à se dissiper.

— Oui, je le dis. Et je pense aussi que vous mentez. Ce n'est pas pour des munitions et de l'artillerie.

— Crois-moi ou non, je t'ai dit la vérité. À toi de voir comment tu le gères.

— Et si je rejette vos explications parce qu'elles sont irrecevables ?

— Aïe, c'est un peu dur. Tu vas blesser cette petite chose, dit-elle en berçant la facture du lance-flammes qu'elle avait absolument voulu acheter.

Il ne rigola pas. Jusqu'où allait ce balai qu'il avait dans le cul ?

— Ce n'est pas acceptable. Pas acceptable non plus.

Il se mit à mettre de côté tous les reçus, les accumulant sur une pile.

Elle s'offusqua.

— Hé, tu rejettes tout !

— Parce qu'ils sont tous inadmissibles. Tout ça, ce sont des achats personnels. Vous ne pouvez pas les déclarer.

Il agita les feuilles roses pour les manucures et pédicures qu'elle faisait chaque mois.

— Je ne suis pas d'accord. Comment puis-je effectuer correctement mon travail si mes griffes ne sont pas aiguisées ?

Il observa ses doigts et son vernis corail.

— Je doute fort que vous griffiez les gens dans l'exercice de vos fonctions.

— J'espère que ce n'était pas une remarque sexiste.

Il la regarda.

— Je suis certain que vous êtes tout à fait capable de vous défendre toute seule.

— Oh que oui, mais si j'avais un homme à moi, je lui réserverais toutes les morsures et griffures possibles, dit-elle avec un clin d'œil aussi suggestif que possible.

Il l'ignora complètement.

— Vous ne pouvez pas déclarer vos manucures.

— Et si je te disais que tirer toutes ces balles est un enfer pour les mains ?

Il lui jeta un regard noir. Il était si adorable qu'elle faillit l'embrasser. Cet homme était complètement fascinant.

— Je ne vois toujours pas comment le tir d'armes est lié à votre emploi.

— C'est parce que je suis chargée de la sécurité.

— Non, c'est faux. Là, il est indiqué que vous êtes serveuse dans un restaurant, expliqua-t-il en montrant une copie des documents fiscaux qu'elle avait envoyés.

— OK, peut-être que je ne me charge pas encore de la sécurité à plein temps.

Même pas à mi-temps étant donné qu'Arik confiait tout le boulot croustillant aux membres plus expérimentés du clan.

— Il faut bien que je sois prête au cas où. Tu sais combien de films j'ai vu où la serveuse est tuée en premier ? Hors de question. Je garde un semi-automatique caché sous une des tables. Si quelqu'un essaie de faire un « *Die Hard* [1] » dans mon bureau, *boum* ! Je le défonce.

Au lieu de paraître impressionné, il ajouta un autre document à la pile qui faillit basculer.

— Les soins personnels et les munitions pour du loisir ne sont pas déductibles.

— Mais c'est vraiment pour le travail.

— Est-ce que vous avouez que vous avez été rémunérée pour un travail de sécurité mais que vous ne l'avez pas vraiment déclaré ?

— Je ne sais pas trop ce que je dis, mais si tu sous-entends que j'ai deux emplois...

Elle fronça le nez.

— C'est déjà assez nul que je sois obligée de venir au premier. La sécurité c'est ce pour quoi je me porte volontaire pour éviter de travailler au restaurant. Je suis trop jolie pour travailler à l'intérieur, dit-elle en jetant ses cheveux noirs derrière son épaule.

Des cheveux que ses amies enviaient car elles étaient toutes blondes. Elle se démarquait et aimait ça.

— Je sais que vous mentez quand vous dites que vous n'êtes pas doublement payée, sinon comment pourriez-vous payer des vêtements et à manger ?

— Le Clan s'en charge.

Il reposa son stylo pour la regarder d'un air sérieux.

— Mademoiselle Goldeneyes, si l'entreprise prend tout en charge, alors pourquoi vous donner un salaire ?

— Pour m'amuser évidemment.

Elle savait qu'elle avait des fossettes sur les joues quand elle souriait.

M. Intello Sexy le remarqua aussi et repoussa ses lunettes.

— Aha, mais vous venez de dire que les entraînements de tir étaient pour le travail !

— Tu m'as eu. OK, peut-être que les munitions ne sont pas vraiment en rapport avec le travail. C'est pas grave, on va les enlever.

— Ce n'est pas si simple.

— Bien sûr que si. Je suis toujours partante pour que l'on passe un marché. Trois pipes, une cowgirl et je te laisserai me mettre un doigt dans les fesses.

— Non !

Il griffonna encore quelques notes.

— Et si je te disais que je porterais mon costume en latex avec des trous aux endroits stratégiques ? dit-elle en chuchotant d'un air sulfureux.

— Mademoiselle Goldeneyes, vous allez m'obliger à porter plainte pour harcèlement sexuel.

— C'est peut-être moi qui devrais porter plainte puisque tu ne veux pas céder, lâcha-t-elle en faisant la moue.

— Nous avons du travail.

— Et si ce n'était pas le cas et que c'était la première fois qu'on se rencontrait ?

— Non.

— Imagine qu'il y a une apocalypse avec des zombies et que nous ne sommes plus que les deux seuls survivants sur terre.

— Les zombies n'existent pas.

— Ne dis pas ça à la fille Laveau qui nous rend

visite. Elle n'arrête pas de parler de son arrière-grand-mère machin qui était une sorcière.

— Si vous faites référence à Madame Laveau, d'après ses histoires elle était bien plus qu'une reine du vaudou mais une nécromancienne de grande renommée. Une nécromancienne c'est...

— Quelqu'un qui ressuscite les morts, dit-elle en levant les yeux au ciel. Les filles aussi jouent à Donjon et Dragons[2] tu sais.

— Moi non.

— Tu ne joues pas à ces jeux ou avec les filles ? le taquina-t-elle délibérément.

— Revenons-en aux munitions. Où avez-vous acheté les munitions ? Le reçu ne mentionne que le numéro de stock et la quantité. Il n'y a pas le nom de l'entreprise ni l'adresse.

— Parce que Marney n'aime pas donner de reçus pour les marchandises.

— Qui est Marney ?

— Personne.

Elle n'avait pas eu l'intention de parler à voix haute ou de mentionner le nom de son contact. Une fois de plus, elle n'avait pas pu tenir sa foutue langue. Elle allait devoir faire plus attention. Cet intello lui faisait dire des choses qu'elle ne voulait pas forcément admettre.

— Personne ne vous a vendu ces munitions ?

Elle agita son doigt dans sa direction.

—Tu es rusé, Poindexter[3].

— Vous venez de m'insulter là ?

— J'ai dit que tu étais intelligent, donc pas vraiment non. Question suivante.

Il prit un air encore plus dur.

— Quel genre de protection exige Les Industries du Clan pour que vous pensiez avoir besoin de vous entraîner ?

Une question subtile, sauf que désormais, elle était attentive.

— Tu sais comment c'est dans le monde des produits capillaires. C'est un vrai sac de nœuds. C'est pour ça que le patron aime que la sécurité passe tout au peigne fin. T'as compris ?

À en juger par l'expression de son visage, ce n'était pas le cas.

— Vu que vous êtes serveuse, quatre-vingt-trois mille dollars par an c'est un peu excessif.

— Seulement si l'on travaille dans un fast-food. Le restaurant de grillades du Clan du Lion est très prestigieux.

— C'est juste un restaurant de grillades.

Son petit intello avait presque ricané. Comme c'était mignon.

— Tu n'aimes pas la viande ? J'adore la viande. J'adore la mâcher. Jouer avec. La pourchasser et bondir dessus.

Elle battit des cils et se lécha les lèvres pour tenter de le distraire, mais il resta impassible.

En faisait-elle trop ? Cet humain aurait dû

succomber à ses charmes depuis le temps. Peut-être était-elle trop loin de lui. Il fallait qu'elle se rapproche.

Alors qu'elle s'avançait par-dessus la table, il s'exclama :

— Qu'est-ce que vous faites ?

Elle baissa les yeux. Elle avait peut-être un peu perdu le contrôle quelques instants. C'était de la faute de l'intello. Il sentait bon.

Très bon. Assez pour lui donner envie de le lécher de la tête aux pieds. De le tenir dans sa bouche et grogner en direction de tous ceux qui osait le regarder.

— Je pensais juste m'approcher pour t'aider à trier quelques trucs.

Elle se glissa sur la chaise à côté de lui.

Il s'écarta.

Oh, comme c'était mignon. Elle rendait cet humain nerveux. Sauf qu'il ne tremblait pas ni ne bégayait. Curieux.

Elle se pencha plus près et...

Atchoum !

Il éternua. Violemment.

— T'es enrhumé ? demanda-t-elle.

Non pas qu'elle en avait quelque chose à faire. Elle avait une santé de fer, mais elle n'avait pas envie d'avoir affaire à cette morve qui sortait du nez des humains quand ils étaient malades.

— C'est mes allergies. Probablement le chat dont vous avez parlé.

— Allergique aux chats. C'est génial ça, dit-elle en

ricanant. Surtout que ma grosse chatte poilue adore se rouler partout et laisser ses poils sur tous les meubles.

Il parut absolument consterné.

— Comment pouvez-vous la laisser faire ? Je ne comprends pas.

— Qu'est-ce que tu ne comprends pas ?

— Comment pouvez-vous accepter qu'une créature poilue et puante se retrouve dans vos affaires ? *Sur vos genoux ?* Rien ne sera jamais propre.

— La propreté c'est important pour toi, Theo ? ronronna-t-elle, se penchant plus près.

— Oui, tout comme faire mon travail, dit-il en se levant. Comme vous n'êtes pas prête à me recevoir, je reviendrai plus tard.

— Quand ?

— Demain j'ai rendez-vous avec quelqu'un d'autre dans le bâtiment. Après peut-être ?

— Qui ça ? grogna-t-elle, avant de rapidement sourire à nouveau. Je veux dire, quelle coïncidence que quelqu'un d'autre ici ait attiré ton attention, dit-elle en battant des cils.

Il resta immunisé, gardant son pantalon.

— Préparez tous vos reçus de l'an dernier et faites-en une pile. On les regardera ensemble demain, disons, à quinze heures ?

Elle secoua la tête.

— Impossible. Ce soir. À dix-neuf heures. Retrouve-moi au restaurant de grillades que tu viens de dénigrer.

— Un restaurant n'est pas un endroit approprié pour régler ce genre de choses.

— Si, on ira, parce que j'ai besoin de manger, toi aussi et la prochaine fois que tu diras « restaurant de grillades » j'aimerais que ce soit avec entrain. Sans oublier que ça te permettra de comprendre pourquoi j'ai besoin d'un poing américain en laiton pour mon travail de serveuse.

— Vous avez déclaré un poing américain ?

Il jeta un coup d'œil à la pile de reçus qu'il n'avait pas encore étudiés.

— Ouais, ils appellent ça comme ça, mais en vérité, le métal est plutôt un alliage. Je ne suis pas capable de prononcer le nom des trucs avec quoi il est fait, mais c'est solide. Je ne veux que le meilleur pour mon travail.

— Il vous faut un comptable.

— C'est marrant que tu dises ça, parce que celui que j'avais avant m'a dit qu'il me fallait un tuteur.

C'était peut-être pour ça qu'elle avait dû trouver un nouveau comptable. Étant donné qu'elle piratait les ordinateurs pour le plaisir, ça n'avait pas été difficile de trouver un moyen de trier et de classer automatiquement ses affaires en utilisant les transferts de fonds de ses différents comptes. Mais sa programmation l'avait trahie en ne distinguant pas les achats dissimulés des vrais achats. Elle avait dû se démener pour trouver le papier officiel pour les nombreuses choses que le programme avait déclaré. Dans certains cas, elle avait même improvisé.

Certains se demandent probablement pourquoi elle n'avait pas piraté l'IRS et blanchi son nom. Elle aurait pu, ce n'était pas si difficile et elle était assez douée pour ne pas se faire prendre. La plupart du temps. Elle se souvenait bien de sa punition quand Arik avait découvert qu'elle avait joué avec le système de défense de l'espace aérien du gouvernement. Elle n'avait fait que déclencher quelques missiles pour profiter d'un vrai feu d'artifice. Rien de grave. Arik lui avait tapé sur les pattes et l'avait reléguée à la corvée de latrines : c'est-à-dire laver les toilettes publiques du rez-de-chaussée de la résidence. Elle en faisait encore des cauchemars.

— Eh bien, vous auriez dû l'écouter, car vous ne savez clairement pas prendre soin de vous toute seule, dit-il en observant son appartement avec un mépris évident avant de se lever et de se diriger avec précaution vers la porte.

La gêne qu'il semblait ressentir lui donna envie de le lécher et de voir ce qu'il se passerait ensuite. Crierait-il comme un bébé ? Irait-il se jeter dans la douche la plus proche pour se savonner ? Ou bien se transformerait-il en une bête passionnée qui la plaquerait contre le mur ?

— J'ai hâte que tu me punisses au dîner, déclara-t-elle alors qu'il franchissait le seuil de la porte.

— Préparez vos documents, répondit-il d'un ton sec avant de fermer la porte derrière lui.

Elle courut vers le panneau de sécurité et l'alluma en appuyant sur le bouton « Couloir ». Sans interrompre ses grandes foulées, il tourna dans le couloir en direction de l'ascenseur. Allait-il vraiment s'en aller ? Elle courut vers les télécommandes éparpillées dans le salon. Plongeant vers la tablette qui dépassait de sous un coussin, elle sélectionna rapidement les options du menu. Les caméras de sécurité de l'entrée s'allumèrent, il y en avait quatre en tout : une près de l'ascenseur, une à côté du bureau et du salon et la dernière devant la porte d'entrée.

Elle regarda Theodore Loomer partir la tête haute, sans jamais regarder en arrière, ce qui voulait dire qu'il ne vit pas les femmes debout sur leurs fauteuils qui l'observaient partir.

Ce n'est qu'une fois qu'elle sut qu'il était bel et bien parti qu'elle descendit dans le hall principal, où le silence régna lorsqu'elle annonça :

— On a un problème, les connasses.

---

1. Saga de films d'action américains
2. Jeu de rôle de genre médiéval et fantastique
3. Personnage très intello et peu sociable, du dessin animé Félix le chat

CHAPITRE TROIS

Il y avait un problème. Malgré sa mission qui consistait à démasquer des techniques financières frauduleuses et les ficelles qu'il y avait derrière, Theodore se retrouva devant le restaurant de grillades à dix-huit heures trente. Il avait pour habitude d'arriver quelques minutes en avance pour pouvoir étudier les lieux.

Le restaurant de grillades du Clan du Lion était un restaurant réputé, appartenant, sans surprise, au Groupe du Clan – qui s'enrichissait également grâce aux hôtels de luxe et aux produits capillaires en tout genre. Pourtant, ils semblaient avoir un peu trop de succès. Compte tenu de certaines des choses qu'il avait glanées dans les dossiers, il savait pertinemment qu'ils devaient aussi traiter des affaires louches. S'il parvenait à découvrir leur secret, il aurait une promotion et une augmentation.

Il y avait plusieurs façons de procéder. Il y avait la question de la fraude fiscale qui était la plus évidente et facile. Les munitions elles-mêmes avaient été achetées au marché noir et par conséquent, aucune taxe n'avait été payée. Et puis il y avait ce que semblait cacher le Groupe du Clan. Ça devait être assez gros étant donné que Melly Goldeneyes paraissait très sérieuse quand elle avait dit s'entraîner et accumuler des armes pour le travail.

Un poing américain. Comme est-ce qu'une jolie petite chose comme elle pouvait espérer qu'il la croit capable de se battre avec un poing américain ?

Et quel genre d'employée pensait devoir abattre des hélicoptères pour son travail ?

Le ronronnement d'un moteur le fit regarder d'un air interrogateur la lumière qui l'éblouissait. La moto s'arrêta en crissant et il sut immédiatement qui chevauchait le gros véhicule.

— Theo ! Te voilà, et pile à l'heure, je parie.

Elle balança une jambe par-dessus la moto et enleva son casque rose à paillettes. Elle secoua ses cheveux noirs. La veste en cuir et le jean qu'elle portait lui allaient très bien. Le bout de ses bottes était éraflé.

Ils n'auraient pas pu paraître plus différents.

— Bonsoir, mademoiselle Goldeneyes.

— T'es si formel, Theo. Appelle-moi Melly. Par contre, ne m'appelle pas sexy mama sinon je te saute dessus. Dans le bon sens du terme évidemment, dit-elle avec un clin d'œil.

Il tenta de changer de sujet.

— Est-ce que vous avez les documents en ordre, comme je vous l'ai demandé ?

— Non.

— Pourquoi ?

— Parce que tu vas juste me dire que je ne peux rien réclamer, alors quel est l'intérêt ?

— L'intérêt c'est que, sans ces déductions, vous devrez des milliers de dollars.

— Bla, bla, bla. On parlera affaires plus tard, dit-elle. T'es prêt à manger le meilleur steak de ta vie ?

Il n'avait pas eu l'intention de manger. Il avait prévu de lui faire remettre les documents. Puis, comme elle l'avait dit, il comptait les rejeter, lui laissant alors le choix de soit payer pour son crime ou soit de balancer des informations sur quelqu'un d'autre.

Mais au lieu de ça, quand elle lui prit la main, il la suivit docilement alors qu'elle le guidait à l'intérieur. Elle ne regarda même pas quand elle jeta son casque vers le podium en criant :

— Clara, réflexe !

Clara lui fit un doigt d'honneur d'une main et récupéra le casque de l'autre.

Melly n'attendit pas qu'on leur attribue une table et le guida hors d'une salle à manger à moitié pleine à une salle encore plus grande avec des portes battantes. Plus bruyante aussi, jusqu'à ce qu'ils entrent. Trop de regards se posèrent sur lui. Était-ce lui ou bien certains d'entre eux brillaient d'un éclat doré ?

Melly les salua.

— Hé, les connasses ! C'est mon nouvel ami Theo, le gars du fisc dont je vous parlais.

Une bonne partie des convives s'évaporèrent immédiatement. Ils disparurent en un clin d'œil. Il ne s'était jamais habitué à cette peur irrationnelle qu'éprouvaient les gens face à quelqu'un qui travaillait pour le Trésor public. Qu'est-ce qu'il y avait de si difficile à respecter la loi, remplir la paperasse et payer correctement ses impôts ?

Apparemment, c'était assez difficile pour qu'il n'y ait pas de pénurie d'enquêtes à ce sujet.

Melly ne semblait absolument pas perturbée par le fait qu'en l'amenant ici, la moitié de la salle avait fui. Elle le prit par la main et l'entraîna jusqu'à une table au centre qui venait d'être libérée.

Cela commença immédiatement à le démanger. Son nez aussi le chatouilla. Laissaient-ils entrer des animaux à l'intérieur du restaurant ? Quelqu'un ferait mieux d'appeler l'inspection sanitaire.

Avant même qu'il n'ait le temps d'éternuer, Melly lui tendit quelque chose. Une petite pilule rose.

Il secoua la tête et une main.

— Je ne prends pas de drogues.

— C'est pour tes allergies.

— Je vais bien.

— S'il te plaît. Tes yeux sont tout humides et on dirait que tu es sur le point de t'exploser un poumon en éternuant.

— Je ne veux pas de votre médicament.
— Pourquoi ?
— Parce que.

Elle tordit les lèvres.

— Tu veux dire que tu ne me fais pas confiance, c'est ça ? C'est bien tu es intelligent. Mais écoute. Si j'avais envie de te droguer, je ne le ferais pas de manière aussi évidente. Je mettrai quelque chose dans ton verre. Ou ton plat.

— Je prends note.

— Et je ne gaspillerais également pas mes drogues euphorisantes pour quelqu'un qui ne saurait pas les apprécier.

— Vous vous droguez ?

— Parfois, mais seulement si c'est sans risque. Arik a mis en place des règles pour nous empêcher de perdre le contrôle en public. Les réseaux sociaux gâchent tout le plaisir, dit-elle en faisant la moue.

— Merci, mais non merci, dit-il en lui rendant la pilule.

Sa main effleura la sienne. Il ressentit un électrochoc et son regard surpris croisa le sien.

Quelqu'un dans la salle eut un haut-le-cœur.

Et l'instant fut interrompu.

Il s'assit, posant sa mallette au sol.

— Si vous décidez de ne rien réclamer alors cette réunion n'a pas lieu d'être.

Il s'occuperait ensuite de la prochaine personne sur

sa liste. Peut-être qu'il arriverait mieux à les faire craquer.

— Eh ben tu m'as stressée maintenant avec ce que je peux ou non faire valoir. Tu dis non à tous les meilleurs trucs. Je parie que tu vas ensuite me dire que les cours de fabrication de munitions ne sont pas considérés comme une vraie formation.

Il résista à l'envie d'enlever ses lunettes et de se pincer le nez. Elle le faisait exprès. Complètement exprès. Elle agissait de façon ridicule en espérant qu'il finirait par s'en aller. Mais il ne pouvait pas partir. Il la regarda.

— Ce n'est pas drôle.

— Je n'ai jamais dit que ça l'était.

— Vous avez tout un tas de choses là-dedans qui n'ont aucun sens. La fabrication de munitions n'est pas une formation acceptable.

— Même si ça permet à l'entreprise d'économiser de l'argent ? rétorqua-t-elle.

— Les Industries du Clan fabriquent des munitions ?

— Non.

Et d'après son expression il comprit qu'elle aurait aimé qu'ils le fassent.

Quelle drôle de femme.

— Comme ce n'est pas lié à votre travail, et que c'est un loisir, vous ne pouvez pas le déclarer comme déductible.

— Quelle surprise. Toutes les choses qui me

permettraient de survivre à une apocalypse de zombies sont réprimées par le gouvernement. Je te jure qu'on dirait qu'ils font exprès. Ils ne nous laissent pas apprendre à nous défendre et nous enlèvent nos armes.

— Vous pouvez apprendre à tirer, mais vous ne pouvez juste pas demander une réduction de vos impôts pour ça.

— Très bien, souffla-t-elle. Ça ne te dérange pas d'en parler à personne en revanche ? Je vais déjà avoir des problèmes de toute façon. Quand Arik va se rendre compte qu'on ne s'est pas servi d'un comptable pour remplir nos déclarations d'impôts, il va nous tuer, dit-elle en faisant semblant de se couper la gorge avec le doigt.

Il fut tout à coup interpellé par autre chose.

— Avez-vous peur qu'il vous fasse du mal ?

— Comme si Arik pouvait me faire du mal.

Elle rigola tellement qu'elle faillit tomber de sa chaise.

— Un simple « non » aurait suffi, lâcha Theodore d'un ton sec.

— Mais tu es si mignon quand tu es idiot comme ça.

L'insulte, qui était à la fois un compliment, lui fit plaisir et l'agaça en même temps.

— J'en conclus donc que votre propre employeur n'est pas au courant de la fraude fiscale que vous avez commise.

— Ne dis rien, Melly.

Une femme s'étala soudain sur la banquette en lui souriant. Sa peau hâlée contrastait avec ses cheveux blonds et ses yeux vert vif.

— Pardon ?

Theodore fronça les sourcils face à cette femme impolie qui les interrompait. Elle ne semblait pas du tout intimidée alors qu'elle se glissait sur la banquette à côté de Melly.

— T'as pété ? demanda l'inconnue.

Il tressaillit et bafouilla :

— Non.

— C'est bien ce que je me disais. Je l'aurais senti sinon. Alors pourquoi est-ce que tu t'excuses ?

— J'essayais poliment de commenter le fait que vous ayez grossièrement interrompu notre discussion.

Avec son balai dans le cul, Theo se redressa sur son siège.

— Il n'y avait pas de discussion, parce que Melly est assez maligne pour ne pas parler des affaires du Clan à des inconnus. N'est-ce pas ?

Ses yeux verts fixèrent Melly du regard, qui ne paraissait d'ailleurs absolument pas intimidée.

— Il travaille pour le fisc.

— Sales vautours suceurs de sang, murmura la femme.

— Ignore Zena, lui dit Melly. Elle est antisystème.

— Et je suis aussi la meilleure avocate du clan, ce qui veut dire que si tu veux poser des questions à Melly, tu passes par moi.

— Elle n'est pas en état d'arrestation, rétorqua-t-il d'un air rigide.

— Ça veut dire que tu ne me passeras pas les menottes plus tard ? demanda Melly avec un clin d'œil.

Étant donné l'image qui surgit soudain dans son esprit, avec Melly nue et portant des menottes, il fut content que la nappe tombe partiellement sur ses genoux.

— Ce n'était pas une bonne idée de se donner rendez-vous ici. On ferait mieux de le reporter.

— Ne pars pas ! dit Melly en tendant la main vers lui, se penchant sur la table et lui prenant la main.

Il baissa les yeux vers ses doigts sur lui, la peau de Melly était calleuse par rapport à la sienne. Mais ce n'était probablement pas pour ça qu'il frissonnait à chaque fois qu'elle le touchait.

— Nous n'avançons pas là.

— Très bien. Continuez comme ça, s'agaça l'avocate.

— Tu ne peux pas me dire ce que je dois faire, répondit Melly.

— Eh bien si. Ça fait partie des conditions de ton contrat, tout ça, dit Zena avec un rictus. Mais n'aie crainte, je vais bien m'occuper de cet agent du gouvernement.

— Bas les pattes, Zena, grogna Melly. Je l'ai vu en premier.

— Ne m'oblige pas à le dire à ta mère.

Les yeux de Theodore passaient d'une femme à l'autre, comme un match de ping-pong.

— À lui dire quoi ? Que je dîne avec un mec ? Vas-y, je t'en prie, rétorqua Melly d'un air insolent. Elle n'arrête pas de me dire qu'il faut que je me pose avec quelqu'un et fasse des petits pour qu'elle puisse les gâter.

— Tant que tu n'en fais pas avec lui.

Zena lui jeta un regard méprisant avant de s'éclipser.

Il ressentit le besoin de préciser deux choses.

— Nous ne coucherons pas ensemble et vous n'avez pas encore besoin d'une avocate. Je suis certain que nous pouvons trouver un arrangement.

— Un arrangement sans sexe ? Ça m'intrigue. Mais on verra ça plus tard. Les affaires peuvent attendre. Mangeons.

Alors qu'ils n'avaient rien commandé, on leur apporta quand même une assiette garnie de calamars frits au moment où elle parlait. Ça ne pouvait pas faire de mal de prendre quelques bouchées.

Une heure plus tard, il gémissait pendant que Melly mangeait toujours. Il n'avait pu prendre qu'une cuillère de son dessert avant de lui offrir le reste. Elle l'engloutit, ainsi qu'un steak de quatre-cent-cinquante grammes, des pommes de terre, une salade et des champignons frits. Il n'avait jamais vu une femme avoir autant d'appétit.

Il n'avait jamais connu quelqu'un d'aussi vif et

pétillant. Elle avait beau agir comme une imbécile, elle était bien plus maligne que ce qu'elle voulait bien laisser croire. Il se demanda si ce côté boute-en-train et tête en l'air n'était pas de la comédie.

Melly se laissa retomber sur la banquette, se tapota le ventre et dit :

— Dieu merci, j'ai mis un jean stretch. Ça m'apprendra à manger un encas avant le dîner.

— Qu'est-ce que vous avez mangé ?

— Deux burgers et un milkshake.

— Ça, c'est un repas, pas un encas.

— Non, ç'aurait été un repas s'il y avait eu des frites, le corrigea-t-elle.

— Comment faites-vous pour manger comme ça et rester...

Il s'arrêta avant de dire « sexy ».

— Fine ? continua-t-il.

— J'ai un bon métabolisme, dit-elle avec un clin d'œil. Qu'est-ce que tu fais comme activité physique toi ?

Il haussa les épaules.

— Quelques trucs.

Dernièrement, depuis qu'on lui avait confié de nouvelles missions, il n'avait pas eu autant de temps qu'il aurait voulu pour s'entraîner. Alors qu'ils mangeaient, la foule initiale qui avait disparu quand ils avaient appris que le fisc était parmi eux revint, leurs conversations n'étant qu'un bourdonnement de fond.

Les regards curieux ne se posaient que rarement sur lui.

Theodore s'était autorisé à se détendre. Il baissa sa garde. Mais il était grand temps qu'il fasse le travail qu'on lui avait demandé.

Au moment où Melly posait ses lèvres sur la dernière part de gâteau, la porte de la salle à manger s'ouvrit en grand et une voix forte hurla :

— Ne bougez pas où on tire !

Et comme pour souligner ses propos, le leader de cette force invasive brandit une arme.

— Oh, oh, dit Melly.

Et c'est là que Theodore fut pris d'une terrible crise d'éternuements.

CHAPITRE QUATRE

Heureusement que Theo avait éternué et enfoui son visage dans une serviette, sinon il aurait sans doute remarqué que les tireurs n'étaient pas cent pour cent humains. Foutus ours débiles de la ville. Il suffisait de les exciter un peu pour faire ressortir leur côté grizzly.

Mais qu'est-ce qui leur avait pris de débarquer ici sans vérifier s'il y avait des humains avant ? C'était un miracle qu'ils ne se soient pas fait griller. Theo se remettait à peine de sa crise d'éternuements. Sans réfléchir, Melly tendit la main et fit tomber ses lunettes.

— Oups. Je suis désolée.

Pas vraiment non. Moins il pouvait voir, mieux c'était. Elle aurait détesté devoir expliquer à un humain comment des ours avaient pu se retrouver dans un restaurant. Et puis, il semblait aussi du genre à prévenir l'inspection sanitaire.

Ses recherches sur lui l'avaient exactement catalogué comme ce qu'il semblait être : un intello hétéro qui avait eu son diplôme avec mention, passé quelque mois dans l'armée, qui avait été renvoyé et avait fini par être embauché par l'IRS.

Pas de petite amie. Pas de femme. Pas de famille. Pas même un fichu poisson dans un bocal. Cet homme était solitaire jusqu'au bout des ongles.

Et il la fascinait.

Il était absolument adorable en clignant des yeux, regardant autour de lui en fronçant les sourcils.

— Qu'est-ce qui se passe ?

— Aucune idée, mentit-elle.

Puis elle n'eut pas besoin de rajouter quoi que ce soit puisque Theo repartit dans une crise d'éternuements.

— Arrêtez tous ce que vous êtes en train de faire ! hurla le grizzly à la tête des ours. Et écoutez-moi bien.

Elle n'avait pas choisi le meilleur soir pour sortir avec Theo en oubliant qu'avec le changement de saison, le match de football annuel était imminent. Les ours contre les lions. C'était un match brutal qui se terminait par des bleus, des injures, de la sueur et de la saleté. Ainsi que des côtelettes au barbecue, du poulet, quelques cochons rôtis à la broche, la plus grande quantité de maïs cuits au monde et assez de tartes pour ne plus pouvoir les compter sur ses doigts. Hum, ça la faisait saliver...

— Tu veux bien arrêter oui ? Personne ne m'entend parler avec tes éternuements.

Une main – qui parvenait à peine à garder forme humaine – cogna la table.

Étant donné que Theo avait le visage enfoui dans une serviette, presque en train de mourir à cause de ses allergies, elle attrapa la main qui était presque une patte en lui disant :

— Tss, Percy, allons, allons, pas besoin d'être grossier.

— Ton petit ami gâche le moment, grommela Percy. Tu sais combien de temps j'ai passé à répéter ce discours ?

—Une journée entière ? paria-t-elle.

Chaque année, le groupe d'ours désignait quelqu'un pour relever le défi et chaque année, cet ours-là, au lieu d'organiser quelque chose de vraiment épique, se précipitait pour vite s'en occuper.

— Presque deux, pleurnicha Percy.

— Atchoum !

— Mais c'est quoi son problème, bon sang ?! s'exclama Percy en secouant la tête vers Theo.

— Il est allergique, expliqua-t-elle puisqu'apparemment ce n'était très logique pour ce gros balourd.

— À quoi ? demanda Percy.

— Aux chats pour commencer.

Même si elle commençait à se dire qu'il semblait encore plus allergique aux ours.

Évidemment, sa réponse fit rire Percy. Au point de

se pencher sur la table en pleurant de rire, complètement hilare.

— J'imagine que ce n'est pas vraiment ton petit ami alors, dit l'ours en ricanant.

Quel gros crétin. En temps normal, elle aurait vite effacé ce sourire de son visage. Il dut lire son besoin de violence sur ses traits, car Percy recula. Elle se nota de jouer un peu avec son compte en banque. Ou peut-être même de fermer ses comptes de jeux vidéo.

Theo choisit ce moment pour enfin arrêter sa crise d'éternuements et leva les yeux de sa serviette. Il paraissait contrarié et avait les joues rouges. C'était de sa faute. Il aurait dû prendre le cachet. Au fil des ans, la communauté de métamorphes avait développé les meilleurs antihistaminiques au monde. Ils n'avaient pas le choix étant donné que même les humains qui n'avaient pas d'allergies réagissaient violemment à leur présence.

Le regard myope de Theo se focalisa sur Percy. Que voyait-il exactement ? Les verres de ses lunettes paraissaient épais. Était-il myope ou hypermétrope ?

En tout cas, ses oreilles fonctionnaient bien, car il rétorqua :

— Je ne suis pas son petit ami.

Sans surprise, Percy rigola encore plus fort.

— J'espère pas. C'est une sacrée bouffeuse d'homme. Une vraie chatte en colère quand les Anglais débarquent, capable de te réduire en miettes si tu la contraries, hein ?

— Dit le gros imbécile qui se tient tout près, le menaça-t-elle avec un sourire plein de promesses.

Percy pâlit derrière son teint bronzé et recula nerveusement.

— Je ne fais que te taquiner.

— Eh ben évite. Il faut que tu t'en ailles. Tout de suite, ajouta-t-elle au cas où ce ne soit pas clair.

— Mais je n'ai pas terminé. Je n'ai pas encore lancé le défi, se plaignit-il.

— Quel défi ? demanda Theo.

Avant même que Percy ne puisse lui répondre, quelqu'un d'autre cria :

— Nous sommes ici pour vous défier de nous affronter en duel jusqu'à ce que mort s'ensuive, bande de félins galeux. Un exploit épique, de rapidité et prouesse où seuls les plus forts survivront. Beaucoup de sang sera versé. Beaucoup de larmes aussi, quand vous perdrez. Êtes-vous prêts à vous faire botter les fesses ?

Ce discours était un moyen de les provoquer.

Elle le savait. Percy le savait. Mais l'abruti qui hurlait n'avait pas encore réalisé qu'un humain qu'ils ne connaissaient pas se trouvait parmi eux.

Melly s'énerva :

— Ce n'est pas le moment de chercher les problèmes !

Mais les jeunes, probablement influencés par l'adrénaline que suscitait cette future bataille, ne purent se contenir.

— Il n'y a pas meilleur moment que celui-ci pour faire des problèmes.

Il leva ensuite son pistolet en l'air et tira.

Il y aurait pu avoir toute une foule d'humains avec des caméras à l'intérieur, cela n'aurait pas empêché cette explosion de violence. Le Clan venait d'être mis au défi. Seul un lâche ne riposterait pas.

Plusieurs coups de feu retentirent créant une vraie cacophonie entre les bruits, les cris et les lancements de projectiles. Les couteaux à beurre et les fourchettes volèrent dans tous les sens. Les vêtements aussi.

Et merde.

Avant même que Theodore n'ait le temps de regarder autour de lui en louchant, elle tira son humain intello sous la table, le cachant derrière la nappe.

— Que se passe-t-il ? s'exclama-t-il, tournant la tête vers le bruit.

Il ne voyait rien, mais il entendait très bien, et ce qu'il entendait devait probablement lui créer pas mal d'anxiété. Des cris. De grognements. Des choses qui se cassaient.

Pourtant, il ne paraissait pas effrayé. Il s'accroupit à côté d'elle et regarda attentivement la nappe comme s'il pouvait voir à travers. Quelle excuse plausible pouvait-elle trouver pour justifier ce chaos ?

— C'est un gang voisin. Ils prévoient probablement de retourner le restaurant.

— On se croirait plus dans Armageddon[1].

— Je suis sûre que ça sonne pire que la situation en

elle-même. Reste-là pendant que je vais jeter un coup d'œil.

Melly rampa sous la nappe, mais n'alla pas bien loin.

Une main ferme autour de sa cheville s'en assura.

— Où est-ce que tu vas ? demanda Theo alors que les ours continuaient à tirer et que quelqu'un – probablement Luna – hurla :

— Je vais t'arracher le visage et te l'enfoncer dans l'anus pour avoir osé gâcher mon dîner !

Elle en était capable. Presque prête à accoucher, Luna pouvait ne faire qu'une bouchée de celui ou celle qui interrompait son repas.

— Tout va bien, le rassura Melly. Je vais voir ce qui se passe.

Il prit un air têtu.

— Il y a des gens qui tirent des coups de feu. Si quelqu'un doit aller voir ce qui se passe, c'est moi.

— Ça va, c'est pas trop sexiste ce que tu dis, rétorqua-t-elle.

— Ça n'a rien à voir avec le fait que tu sois une femme, c'est de la simple courtoisie. J'ai fait l'armée pendant quelques mois.

— Tu veux dire comme les cadets ?

— Non, dit-il d'un ton sec. Je me suis engagé quand j'avais dix-huit ans.

— Toi ?

Tant pis pour la bataille. Ça, c'était plus intéressant.

— Oui, moi.

— Et tu t'es fait virer.

Il serra les dents.

— À vrai dire, c'est moi qui suis parti quand ils m'ont dit que je ne pourrai jamais rien faire d'autre que de travailler derrière un bureau à cause de ma vue.

— Et finalement, c'est ce que tu fais, le taquina-t-elle.

— Pas la peine de me le rappeler, marmonna-t-il. Mais ce que je veux dire, c'est que je suis formé pour ce genre de situations.

Elle faillit lui tapoter la joue face à son courage pourtant mal placé.

— T'es mignon, Poindexter, mais tu es presque aveugle là. Ne t'inquiète pas. Ça va aller. Ils n'oseront pas me tirer dessus.

Sauf que si. C'était un accident, devrait-elle préciser. Dès l'instant où elle se mit debout, un projectile la frappa en pleine poitrine.

Elle baissa les yeux vers la peinture verte qui coulait. Les ours osaient les attaquer avec des paintballs, alors qu'on leur avait demandé de ne plus jamais les amener à l'intérieur.

Les ours n'étaient pas les seuls à jeter des projectiles. Les lions n'avaient peut-être pas de paintballs, mais ils avaient de la nourriture et celle-ci volait dans tous les sens : des pommes de terre au four chargées à bloc qui s'écrasaient partout, des bols entiers de salade, même un morceau de steak. C'était n'importe quoi.

Ils envoyèrent les restes de leur dîner aux ours, y compris Percy, qui se baissa et elle se les prit en plein visage.

L'injure gutturale qu'elle prononça n'était pas vraiment digne d'une demoiselle.

Sa menace encore moins.

— Je vais tous vous tuer !

Bien évidemment, cette promesse violente attira l'attention de l'homme sous la table. Il rampa pour sortir, retournant le tissu, sur le point de se lever. Même en étant myope, il allait vite se rendre compte que quelque chose n'allait pas.

Elle fit la seule chose qu'elle pouvait faire.

Elle saisit la chaise la plus proche et le frappa sur la tête, assez fort pour qu'il tombe, face contre terre. Il resta allongé sur le sol, sans bouger et elle se mordit la lèvre, chagrinée. L'avait-elle frappée trop fort ? Elle ne voyait pas de sang. S'agenouillant à ses côtés, elle le retourna et pressa ses doigts contre son cou pour vérifier son pouls.

Puis un imbécile décida de la pousser à bout.

— Regardez Melly. Elle est tellement désespérée qu'elle est obligée d'assommer son petit ami pour s'envoyer en l'air.

Elle fourra la bouche de l'imbécile qui avait osé parler avec plusieurs serviettes et ce dernier se retrouva avec une coupe de cheveux très embarrassante après qu'elle se soit servie d'un couteau à steak.

Après ça, la mêlée prit plus ou moins fin. Elle

n'avait pas duré longtemps, assez pour que la salle à manger ne soit plus qu'un chantier de peintures et de nourriture. Il y avait aussi beaucoup de visages souriants.

Percy, ce fou poilu qui avait tout déclenché, souriait d'un air suffisant derrière la sauce pour pâtes qui dégoulinait sur son visage.

— Ça s'est encore mieux passé que prévu. On se voit dimanche, à onze heures à la ferme ?

— Moi je dis qu'on a qu'à commencer plus tôt. On va boire des shooters à La Griffe ! cria la lionne qui aimait passer du bon temps.

D'habitude, Melly aurait ouvert la voie jusqu'à la taverne en haut de la rue avec son plancher et sa musique qui faisait taper de la patte, mais elle devait d'abord s'occuper de quelque chose.

Étant donné que Theo était plus lourd que prévu, son amie Joan l'aida à le porter dehors jusqu'à sa moto. Il devint rapidement évident que ça n'allait pas être possible de le transporter dessus. Il n'arrêtait pas de tomber, son corps n'étant plus qu'une nouille molle.

— Mets-le dans un taxi, suggéra Joan, une femme athlétique d'une quarantaine d'années, aux cheveux blonds parsemés d'argenté.

— On pourrait utiliser des cordes élastiques pour le retenir ? suggéra Luna, qui les avait rejointes dehors, son ventre de femme enceinte en avant, en mangeant un morceau de steak.

Melly prit en compte sa remarque.

— Pourquoi ne pas prendre sa voiture à lui ? dit Reba qui était toujours aussi impeccable, malgré le fait que Melly l'ait vue jeter de la nourriture avec sa fourchette.

Reba s'agenouilla en talons, puis se releva immédiatement, le portefeuille de Theo en main, les clés dans l'autre.

— D'après sa petite carte « s'il est perdu, veuillez le rapporter à son propriétaire » il ne vit pas très loin.

— J'imagine que je pourrais le ramener chez lui avec sa voiture, mais qu'est-ce que je fais de ma moto ? dit Melly qui ne pouvait pas vraiment la laisser devant le restaurant.

— Je vais la conduire.

— Non, moi je le ferai.

— C'est mon tour.

Les volontaires pour ramener sa moto à la résidence étaient nombreuses. À vrai dire, celle-ci disparut avant même qu'elle n'ait le temps de dire le prénom de Luna.

Elle fit la moue en voyant la lueur de plus en plus faible du feu arrière qui s'éloignait.

— Comment suis-je censée rentrer chez moi maintenant ?

Arik avait interdit à Melly d'utiliser tout type de co-voiturage. Même les taxis étaient à proscrire à cause de quelques incidents. Si le chauffeur ne voulait pas qu'elle lui casse le bras, il n'avait qu'à ne pas s'arrêter dans des coins sombres pour essayer de la tripoter. Il avait eu de la chance qu'elle ne lui ait pas arraché pour le frapper avec. Elle s'était contentée de lui faire retirer son permis en informant la sécurité du parking, qui avait de nombreuses contraventions à son nom, pour qu'ils l'arrêtent.

— Oh arrête, comme si t'allais rentrer chez toi avant demain matin, dit Joan.

La bande de lionnes avec elle dans l'allée éclata de rire.

Pas faux.

— Tu veux que je t'accompagne et t'aide à le mettre au lit ? proposa Joan.

— Ça ira. Je peux le gérer.

— Ça, j'en suis sûre, dit Joan avec un rictus. Il est joli pour un humain. Je comprends pourquoi tu l'aimes bien.

Apparemment, son amie avait mal compris.

— Non c'est pas ce que tu crois. Tu sais qu'il travaille pour le fisc et qu'il mène une enquête sur mes impôts. Il faut que je fasse quelque chose avant qu'il ne s'en prenne à nous tous.

— Regarde-toi, tu te sacrifies pour l'équipe. On apprécie beaucoup, la taquina Reba avec un clin d'œil. Amuse-toi bien.

S'amuser ? Avec un homme inconscient ? C'était tentant, mais encore une fois c'était non. Tous les partenaires sexuels humains devaient être conscients, non attachés et ne devaient pas craindre pour leur vie.

— Moi je dis, tu lui fais des câlins jusqu'à ce qu'il

se réveille et quand il le fera et commencera à paniquer, dis-lui qu'il est ton mari et que vous avez genre six enfants.

Joan avait un sens de l'humour diabolique.

— Allons trouver sa voiture, marmonna Melly.

Elles le tinrent chacune sous leurs bras, le trimballant comme s'il était ivre. En suivant son odeur, elles retrouvèrent sa voiture garée non loin, une berline quatre porte gris foncé. L'intérieur était impeccable.

Même Reba parut impressionnée.

— Pas même une goutte de café dans les porte-gobelets.

Pas un seul grain de poussière n'osait salir le tableau de bord et la radio était sur une station de rock respectable. Comme c'était ennuyeux. Pauvre Theo, il avait vraiment besoin d'apprendre à lâcher prise. Avec lui, le terme coincé prenait un tout autre sens.

Au lieu d'essayer de le faire tenir droit sur le siège passager, elles le mirent dans le coffre. Joan tapota contre la vitre côté conducteur avant que Melly n'ait le temps de sortir du parking.

Elle baissa la vitre.

— Quoi ?

Joan prit un air sérieux.

— Ce type du fisc... tu sais ce que dira Arik.

Arik étant le roi, il n'apprécierait pas du tout que Theo ait été témoin de quoi que ce soit.

— Il ne portait pas ses lunettes.

— Est-ce qu'il est sourd ou débile ?

— Non.

— Alors il y a des chances qu'il ait remarqué quelque chose.

— Je le convaincrai qu'il a rêvé. Après tout, les coups sur la tête peuvent provoquer des hallucinations.

— Et s'il ne te croit pas ?

Melly mit un moment à répondre.

— Je sais ce que je dois faire.

Protéger le clan à tout prix.

Elle ne mit pas longtemps à rouler jusqu'à l'adresse qu'il avait enregistrée comme étant son domicile dans le GPS. Elle gara la voiture dans la rue en face d'un duplex aménagé. Une façade tranquille, plutôt ennuyeuse, tout comme la rue. Il avait un bip pour ouvrir le garage sur son rétroviseur. Une porte en métal cliqueta en s'ouvrant.

Le garage était presque ridicule. Il était immaculé avec des poubelles de recyclage bien alignées. Des outils soigneusement accrochés à un tableau plutôt que sur l'établi. Il avait assez de place pour garer sa voiture, ce qui prouvait à quel point l'espace n'était pas aménagé de façon habituelle.

Car les vrais garages étaient habituellement pleins d'huile et en désordre. Elle attendit que la porte se ferme puis contourna la voiture pour ouvrir le coffre à l'arrière. Il était temps pour lui de se réveiller.

D'abord, elle le sortit du véhicule et le tira jusqu'à la seule porte de garage. Elle supposa que c'était celle qui donnait sur l'intérieur de l'appartement. Elle l'appuya contre le montant de la porte.

— Debout, debout, mon petit intello sexy.

L'homme resta affalé, et entre lui et la gravité qui voulait abimer son joli visage, il n'y avait qu'elle.

Elle claqua des doigts.

Rien.

Elle le secoua légèrement.

Sa respiration resta régulière et sa tête continua de pencher.

Si tout ça avait été un conte de fées, elle l'aurait déjà embrassé, elle aurait peut-être même fait plus. Mais Arik avait eu une discussion avec elles le mois dernier et leur avait sérieusement expliqué qu'il y avait des limites à ne pas franchir et tout. Apparemment, embrasser des hommes au hasard était considéré comme du harcèlement sexuel. Mais le plus gros scandale avait été lorsqu'il avait annoncé qu'il n'y aurait plus de gifles ni de pincements de fesses en public.

Plus d'une lionne avait grondé en se plaignant, en demandant pourquoi elles étaient obligées de souffrir comme ça. Comme Jenny l'avait dit plus d'une fois, un homme qui portait un jean moulant devait bien savoir à quel point il était apprécié. Les sifflements étaient pour les loups. Les reniflements pour les cochons. Et les lionnes avaient perfectionné l'art de pincer les fesses et donner des gifles.

Hélas, le roi avait parlé. Ce qui voulait dire qu'elle

devait être gentille avec l'humain, sinon elle s'attirerait les foudres d'Arik.

Elle secoua Theo et lui souffla sur le visage. Cela suffit à le faire grimacer et il se raidit. Il battit des cils et sans ses lunettes, elle réalisa à quel point ceux-ci étaient épais.

— Qu'est-ce qui se passe ? demanda-t-il en clignant des yeux. Où sommes-nous ?

— Dans ton garage, idiot. Tu ne te rappelles pas que je t'ai ramené chez toi ?

L'expression sur son visage se stabilisa.

— Non, je ne m'en rappelle pas. La dernière chose dont je me souviens...

Il fronça les sourcils.

— Pourquoi est-ce que je me souviens que des hommes armés ont pris d'assaut le restaurant ?

— Ah oui, le spectacle du soir. Tu n'as pas su te contenir tellement tu riais et tu es tombé par terre.

— Non, c'est faux. Quelqu'un m'a frappé, grommela-t-il en se touchant l'arrière de la tête. Qu'est-ce qui s'est passé, bon sang ?

— Il y a eu une guerre de gang et tu n'es pas resté sous la table comme je te l'avais demandé.

— J'ai l'impression qu'un train m'a roulé dessus.

— Mais quel beau parleur !

Elle faillit rougir face à son compliment.

— Tu as dit que les hommes avec des armes faisaient partie d'un gang.

— Ah bon ?

— Oui et tu les connaissais. L'un d'entre eux en tout cas. Un type du nom de Percy, il est venu te parler.

Comment confirmer une rivalité inter-espèces ? Elle ne pouvait pas, alors elle fit ce qu'il y avait de mieux et lui mentit.

— Très bien, j'imagine que je ne peux plus le cacher. Percy est mon ex-petit ami.

— Et ton ex-petit ami débarque souvent avec des amis qui brandissent des flingues ?

— Quels flingues ? demanda-t-elle de sa voix la plus innocente.

Il fronça les sourcils.

— J'ai vu...

— Tu ne penses pas plutôt que tu as cru voir ? Idiot de Theo. Les gens n'apportent pas d'armes au restaurant, à moins qu'on ne parle de gros calibres, dit-elle en lui pinçant l'aine.

Il parut encore plus perdu et elle eut un peu de peine pour lui, mais pas assez pour lui dire la vérité. Si Arik pensait une seule seconde que Theo pourrait menacer leur secret...

Mieux valait ne pas y penser.

Theo s'éloigna de la porte, paraissant de plus en plus stable. Il tapota ses poches et elle lui sortit ses clés en les agitant.

— C'est ça que tu cherches ?

Il pinça les lèvres en une ligne fine. Il lui arracha les clés et les inséra dans la serrure. Il les tourna avec un clic et la porte s'ouvrit.

Pendant un instant, elle s'attendit à ce qu'il lui dise bonne nuit. Mais son intello ne cessait de la surprendre.

— Tu veux entrer ?

— Oh ben oui, j'aimerais bien.

Elle lui tapota la joue en passant.

— J'ai cru que tu n'allais jamais me le proposer.

---

1. Film de catastrophe américain

CHAPITRE CINQ

Theodore ne savait pas ce qui lui avait pris. Ce qu'il avait prévu au départ dès l'instant où il s'était réveillé avec un gros mal de crâne était de rentrer, de prendre de l'acétaminophène et de dormir pour que la douleur passe. Au lieu de ça, il avait ouvert sa bouche et l'avait invitée à le suivre. Une inconnue. Quelqu'un sur lequel il devait enquêter. Une fraudeuse et une menteuse reconnue.

Et le pire ?

C'était qu'elle avait accepté – et avait immédiatement mal interprété sa proposition. Un sourire radieux aux lèvres, Melly passa son bras autour du sien et commença piailler :

— Non mais regarde-moi ça, M. J'ai-Tellement-Un-Balai-Dans-Le-Cul-Qu'on-Pourrait-M'utiliser-Pour-Faire-Le-Ménage, m'invite chez lui, seulement après notre premier rencard.

— Ce n'était pas un rencard grommela-t-il.

Il aurait même plutôt employé le terme « désastre ».

— C'était toi, moi et de la nourriture. C'est ce qu'on appelle un rencard, Poindexter.

— Je t'invite simplement chez moi le temps qu'on trouve un moyen de te ramener chez toi en toute sécurité.

Car il n'était pas en état de conduire et il se demanda si ce qu'elle lui avait raconté concernant leur arrivée ici était vrai.

— Tu as dit « on », dit-elle en le serrant dans ses bras. Je savais que tu prendrais soin de moi. Est-ce que ça fait de nous un couple ?

En couple, avec cette folle furieuse ? Il sentit la panique lui serrer la poitrine.

— Certainement pas. C'était pour le travail.

— C'est le destin.

— Nous nous sommes seulement rencontrés cet après-midi.

— Et on dirait déjà que ça fait plus longtemps. On était faits pour être ensemble.

Il la regarda de travers et la surprit en train de ricaner.

— Oh, la tête que tu fais, dit-elle en éclatant de rire. Non mais pitié. Pff, genre. Toi et moi on pourrait s'envoyer en l'air de temps en temps pour s'amuser, mais tu es bien trop coincé pour que je puisse te considérer comme un petit ami.

C'était vrai, et pourtant il était un peu vexé. Peut-être devait-il revenir sur son offre et ne pas la laisser entrer.

Trop tard.

Enlevant ses chaussures, elle entra chez lui pieds nus et regarda autour d'elle. Probablement en admiration devant ce niveau de propreté étincelante et parfaite qu'il avait réussi à atteindre, contrairement au désordre accumulé qui régnait chez elle.

Elle se retourna, bouche bée, pour s'exclamer :

— Oh, mon Dieu, cet appartement est tellement ennuyeux. T'as eu droit à une réduction sur les couleurs mornes ou quoi ?

Il se raidit.

— C'est ce qu'on appelle le classique moderne.

— C'est terne. Tout est gris.

— Les murs et le plafond sont blancs, souligna-t-il.

— Avec des gravures sépia gris sur le mur.

— Certains diront que c'est élégant.

— Je suis sûre que le type qui t'a vendu cette déco est en train de ricaner jusqu'à la banque. Ton appartement a besoin d'un relooking, marmonna-t-elle en s'éloignant dans sa garçonnière compacte qui comprenait la majeure partie du premier étage du duplex.

Il y avait une cuisine étroite avec un bar et des tabourets pour manger, un salon, et à côté un bureau qu'il gardait fermé à clé. Puis sa chambre et la salle de bain.

Évidemment, elle prit la direction de sa chambre.

Il parvint à peine à s'interposer.

— Je pense qu'il vaut mieux que nous restions dans la pièce à vivre.

— Oooh, comme t'es coquin. On va faire ça sur le canapé ? Le comptoir ?

— Et si tu me croyais quand je te dis que nous ne coucherons pas ensemble ?

Elle parut perplexe.

— Je ne comprends pas. Pourquoi m'avoir invitée à entrer alors ?

Pour l'instant, il ne le savait pas vraiment.

Elle s'aventura un peu plus dans son appartement, sa présence même apportant une touche colorée.

— Assieds-toi. Je vais nous préparer à boire.

Il pointa le canapé du doigt, mais ne put s'empêcher d'imaginer ce qu'elle lui avait proposé un peu plus tôt : coucher sur le canapé. C'était bien trop facile de s'imaginer s'asseoir avec elle sur ses genoux. Il marcha rapidement vers la cuisine pour dissimuler toute trace d'excitation.

— Qu'est-ce que tu aimerais ?

— Eh bien, j'aurais bien aimé une injection d'intello sexy, mais j'imagine que je vais plutôt partir sur une bière.

— Ah.

— Laisse-moi deviner, tu n'as pas de bière, dit-elle en levant les yeux vers le plafond. Oh, pourquoi moi ? se lamenta-t-elle. Qu'est-ce que tu as ?

— Du scotch. Du whiskey. Un peu de vodka.

— Mais pas de boisson soft, j'imagine.

— J'ai du jus d'orange.

— Ah, là ça me parle.

À vrai dire, il avait surtout prévu de *la* faire parler. Il ne l'avait pas vraiment encore cernée – et n'avait toujours pas mis la main sur ces foutus reçus.

Mais ce qu'il avait appris jusqu'à présent s'était avéré assez intéressant, même si ça ne faisait aucun sens.

Il lui tendit un verre, qu'elle but d'un trait avant de le lui tendre à nouveau.

— Mets plus d'alcool pour le suivant.

Il tripla la dose. Elle le but quand même comme si c'était de l'eau. Ce qui lui allait très bien. Il ne culpabilisait pas du tout de la faire boire un peu. Il voulait des réponses.

— Alors, quand est-ce que tu vas me dire ce qui s'est vraiment passé au restaurant ?

— Comment ça ? dit-elle en battant si fort des cils qu'ils faillirent s'envoler.

— Je sais que ces types sont venus avec des armes et ont commencé à tirer.

Il avait entendu les coups de feu.

— OK. Très bien. Tu m'as eue, soupira-t-elle d'un air dramatique. Oui, ils ont tiré, mais ce n'était pas des balles.

— C'était quoi alors ?

— De la peinture. C'était une farce organisée par le restaurant voisin.

— Ça m'a l'air d'être une farce assez violente. Et si quelqu'un avait appelé la police ? Ils auraient pu se faire tirer dessus.

— Pas faux. Je ne manquerai pas de le dire à Percy. Maintenant, si on a terminé, parlons de toi.

Il s'assit à l'autre bout du canapé, et pourtant, elle se retrouva à côté de lui.

— Je ne préfère pas.

Il s'écarta, mais elle resta proche de lui.

— Allons, Theo, ne sois pas timide.

— Ce n'est pas approprié.

— Ce n'était plus approprié dès l'instant où tu as accepté de dîner avec moi.

— Mais parce que tu avais promis de...

Elle lui coupa la parole.

— Oh, s'il te plaît. On sait tous les deux que tu es venu au restaurant parce que tu m'aimes bien. Tu me trouves jolie.

Plus que jolie, mais ce n'était pas la question.

— Où est-ce que tu te procures tes munitions ?

— Oh, non pas encore ! soupira-t-elle en se laissant retomber sur le canapé. Sympa le tissu.

Puis, elle jeta les coussins par terre.

— Qu'est-ce que tu fais ?! explosa-t-il.

— Je me mets à l'aise. J'aime bien m'affaler.

Et c'est ce qu'elle fit en écartant les jambes et les bras.

Au fond, il avait envie de la rejoindre.

— Je pense qu'il est temps que tu t'en ailles.

Avant que les choses ne dégénèrent.

— Mais je n'ai pas de moyen de rentrer chez moi. Tu te souviens ? J'ai pris ta voiture pour venir.

— Je vais t'appeler un taxi.

— Tu vas me jeter dans une voiture avec un inconnu ? souffla-t-elle.

— Très bien, je vais te ramener alors.

— Tu ne devrais pas conduire avec ta blessure à la tête, remarqua-t-elle, roulant sur ses coussins de façon sensuelle et suggestive.

— Il doit bien y avoir quelqu'un que tu peux appeler, non ? répondit-il d'un air vague.

— Tout le monde est soit en boîte soit au lit. T'es coincé avec moi, Poindexter.

— Je m'appelle Theodore.

— Ouh, tu joues les durs avec moi. Tu as d'autres ordres à me donner ?

Elle s'appuya sur ses mains et ses genoux, un rictus coquin aux lèvres.

— Je crois qu'il faut que j'aille me coucher.

Encore une fois, elle prouva qu'elle n'avait pas vraiment la notion d'espace personnel. À peine eut-il été dans sa chambre pour lui donner une couverture et un coussin qu'elle avait réussi à passer du canapé à son lit. S'étalant à nouveau de tout son long.

— Hum.

N'ayant plus les mots, il baissa les yeux vers la literie dans ses bras. Le canapé n'était pas assez grand pour qu'il dorme dessus. Mais en même temps, l'autre alternative...

Il ne parvint pas à sortir de la chambre.

Cette femme, dont la furtivité devait faire partie de son ADN, se positionna devant lui.

— Où est-ce que tu vas ? Le lit est assez grand pour nous deux.

Un lit king size, et pourtant il savait que ça ne suffirait pas.

Comme un imbécile, qui ne cessait d'être de plus en plus idiot depuis le moment où il l'avait rencontrée un peu plus tôt dans la journée, il la laissa l'y conduire. Mais il se retourna lorsqu'il se déshabilla.

Son doux rire fut comme une caresse.

— J'ai gardé mon soutien-gorge et ma culotte, donc tu peux te détendre. Et je suis sous les couvertures, comme ça ta délicate sensibilité ne sera pas offensée.

Elle faisait de son mieux pour le pousser à bout, et cela fonctionnait. Lui, cet homme au sang-froid irréprochable était à bout de nerfs à cause d'une femme à moitié nue. À cause d'elle, ses gestes étaient plus vifs que nécessaire alors qu'il enlevait sa veste et sa chemise. Son pantalon aussi. Son caleçon le recouvrait mieux que la plupart des maillots de bain, mais il se sentait quand même mis à nu. Observé. Pourtant, en jetant un coup d'œil par-dessus son épaule, il vit qu'elle était couchée sur le côté, loin de lui.

Dans son lit. Comment avait-il pu se retrouver dans cette situation ?

Il envisagea pour la dernière fois de retourner dans le salon, mais mince, c'était son lit. Sa maison.

Son travail.

Si jamais ils l'apprenaient...il ne serait pas viré. Au contraire, ils lui taperaient dans la main. Au bureau, on le surnommait : L'Homme de Glace.

Apparemment, il fallait qu'il trouve la bonne pour qu'elle le fasse fondre.

— Bon, tu viens te coucher ou pas ?

— C'est mal, marmonna-t-il.

— Alors, va-t'en.

Elle roula sur le côté pour lui faire face, vêtue seulement d'un soutien-gorge et d'une culotte, la tête posée contre sa main.

Elle était parfaite. Et elle avait raison. Même s'ils ne s'étaient rencontrés qu'aujourd'hui, il avait l'impression que ça faisait bien plus longtemps.

— Je ne quitterai pas mon appartement.

— Moi non plus, ce qui veut dire que nous sommes dans une impasse, mon bel intello.

— Ça ne m'empêchera pas de t'arrêter pour fraude fiscale.

— J'aime les hommes de valeur. C'est plus rigolo de les corrompre, dit-elle avec un clin d'œil.

Elle ne montrait pas la moindre retenue. D'habitude, il aurait fait preuve d'encore plus de vertu, mais au lieu de ça, il se mit au lit. Son charme ne suffirait pas à le faire craquer.

À sa grande surprise, elle n'essaya pas de le toucher. En revanche, elle continua de parler.

— Tu arrêtes souvent des gens pour des histoires d'impôts ?

— Assez souvent, oui.

Son odeur l'enveloppa, le taquinant en lui chatouillant le nez. Juste un peu. Il espéra ne pas éternuer à nouveau. Il n'avait toujours pas compris ce qui lui avait pris dans le restaurant. C'était extrêmement émasculant.

— Theodore Loomer, l'agent du fisc extraordinaire. Alors, si tu arrêtes les gens est-ce que ça veut dire que tu as des menottes ? demanda-t-elle d'un ton plein d'espoir.

— Ouais.

— C'est vrai ?

Elle bondit sur ses genoux et son regard dérapa vers la vallée entre ses seins.

— Je peux les voir ?

— Tu les verras plus tôt que tu ne le crois si tu ne me fournis pas les bons reçus ainsi que la documentation nécessaire, l'avertit-il.

— T'es pas drôle.

— Ça ne me dérange pas.

Et c'était vrai. Pourtant, pendant un instant, lorsqu'elle soupira et se tourna sur le côté, il regretta de ne pas être un homme différent. Le genre qui l'aurait attirée dans ses bras et embrassée.

Il ne fit rien et elle se mit rapidement à ronfler.

Alors qu'il restait éveillé, pas plus avancé dans sa tâche qu'auparavant. Peut-être qu'en dormant ensemble, sans qu'il ne lui manque de respect, cela l'aiderait à lui faire confiance et à s'expliquer pour l'achat d'armes. Personne n'avait besoin d'autant d'armes à feu. Et qu'en était-il de ce drôle d'arrangement qu'elle avait avec le Groupe du Clan ? Aucune entreprise n'était aussi généreuse. Était-ce en lien avec l'incident qui avait eu lieu au restaurant ? Peut-être devrait-il dire à Maverick d'enquêter aussi sur cet endroit. Il semblait effectivement y avoir une guerre de gang.

Mais il y avait autre chose. Il le sentait. Les mensonges, les subterfuges. Il avait juste besoin de creuser un peu plus.

La nuit s'écoula et son sommeil fut entrecoupé par quelques soubresauts qui le réveillèrent de temps en temps. Durant tout ce temps, elle ne bougea pas. Elle ne s'étala pas ni ne le toucha et pourtant, il était très conscient de sa présence.

Trop conscient. À l'aube, il se leva et se rendit dans la salle de bain. Il avait l'air hagard. Il n'était pas rasé et ses yeux étaient injectés de sang. Il se frotta la mâchoire. D'abord, il alluma la douche, enleva son caleçon et avança son visage sous le jet chaud, laissant la chaleur pénétrer ses pores, ses muscles, son âme.

Il essaya de se détendre et pourtant, il n'arrêtait pas de penser à cette femme dans son lit. Se lèverait-elle pour partir ensuite, embarrassée par son attitude, sûrement causée par l'alcool ?

Allait-elle continuer à le contrarier ? Le rideau de douche s'agita et il se retourna.

— Qu'est-ce que tu fais ? parvint-il à s'exclamer, choqué de réaliser qu'elle l'avait rejoint.

— J'étais toute seule quand je me suis réveillée alors je viens te voir. Pour partager l'eau.

Elle passa à côté de lui, son corps nu et lisse.

S'il avait été un homme intelligent, il serait parti à ce moment-là. Mais son sang avait quitté son cerveau et il ne parvenait plus à réfléchir.

Il resta planté là alors qu'elle tournait son visage vers le jet et ouvrait la bouche pour laisser l'eau glisser sur ses lèvres avant de la recracher. Il n'était qu'humain et ne pouvait pas s'empêcher de dévorer son corps nu des yeux. Sa silhouette était mince et pourtant sa taille était échancrée. Ses seins étaient petits et ses mamelons étaient de minuscules boutons roses. Les poils entre ses jambes étaient trempés et foncés par l'humidité.

Elle saisit le savon et le frotta dans ses mains avant de le toucher.

— Je peux me laver tout seul, dit-il d'une voix rauque.

— C'est plus drôle si c'est moi qui le fais.

Là-dessus, elle n'avait pas tort, mais c'était mal. Il attrapa ses poignets et éloigna ses mains de lui.

— Il faut que tu arrêtes. Je ne vais pas t'innocenter juste parce que tu couches avec moi.

— Coucher ? Qui a dit qu'on allait coucher ensemble ? Je suis souvent affamée le matin et tu as pile ce qu'il me faut, dit-elle avec un clin d'œil avant de se mettre à genoux.

Non, elle n'allait quand même pas faire ça.

Elle le prit dans ses mains.

— Essaie de te détendre.

Ce qui était compliqué étant donné qu'avec ses mains sur son sexe c'était quasiment impossible.

Son haleine chaude caressa la chair de son membre alors qu'elle soufflait sur la longue peau humide de celui-ci. Car il était très long. Il ne pouvait dissimuler son excitation. À vrai dire il n'en avait pas vraiment envie. La séduction ne faisait pas partie de son plan et pourtant, il ne fit rien pour l'arrêter.

Elle le saisit avec avidité, caressant sa peau. Il laissa échapper un gémissement lorsqu'elle arrêta de le taquiner avec son souffle chaud et qu'elle le prit dans sa bouche. Elle le suça avec force. Puis encore. Elle remuait la tête sur son sexe et il ne put que pencher la tête en arrière, appréciant le moment.

Il était possible qu'il l'apprécie plus que ce qu'il n'aurait dû étant donné que c'était très tabou. Theo n'était pas du genre à se laisser distraire au travail, mais ça, c'était seulement parce qu'il n'avait jamais rencontré Melly.

Elle le dévorait avec ardeur, le suçant et léchant jusqu'à ce qu'il ait l'impression de devenir fou. Lorsqu'elle relâcha son sexe avec un bruit humide, il ne put s'empêcher d'émettre un son plein de déception.

Il tendit la main vers elle et la releva, plaquant sa

bouche contre la sienne, cédant à la tentation de goûter ses lèvres.

Elle protesta :

— Je n'en ai pas fini avec toi.

Ses mots ne firent qu'accentuer la douleur de son sexe et la tension dans ses boules.

— C'est peut-être ton tour.

Mais d'où venaient ces mots rauques ? Il n'était pas du genre à parler pendant l'acte.

— Oh non, mon intello sexy. Ça fait un moment que je rêve de te sucer, ce qui veut dire que tu ne t'occupes pas de moi tant que je n'ai pas fini.

Avec cet avertissement et cette promesse, elle s'accroupit à nouveau et le saisit. Fermement.

Son autre main caressa ses boules. Ses hanches tressaillirent et il laissa échapper un long gémissement alors qu'elle le prenait à nouveau dans sa bouche. Ses lèvres glissèrent le long de son sexe, jusqu'au bout.

Il ne sut pas comment elle faisait, mais c'était mieux que bon. C'était incroyable. Et excitant. Notamment lorsqu'elle se mit à le sucer d'avant en arrière, ses joues se creusant à chaque fois qu'elle se retirait. Il savait de quoi il parlait. Puisqu'il la regardait faire.

Ils finirent par trouver un rythme et il tenait sa tête dans ses mains pendant qu'il agitait les hanches pour remplir sa bouche.

La pression de son orgasme le fit haleter. Il allait jouir. Dans sa bouche. C'était tout nouveau pour lui. Et si elle n'en avait pas envie ?

Et si...

— Tu réfléchis trop, lui fit-elle remarquer, ses mots grondant autour de sa chair.

— C'est mon tour, parvint-il à dire alors que tout ce dont il avait vraiment envie, c'était de lâcher prise.

— Je n'ai pas fini.

Elle continua le travail, enroulant sa langue autour du bout gonflé. Elle le suça. Le goûta. Elle se mit même à le mordiller. Elle jouait avec lui et il ne put s'empêcher d'enfoncer ses doigts dans ses cheveux, poussant sa bite vers elle.

Et quand elle serra et malaxa ses boules, il jouit.

Dans sa bouche.

CHAPITRE SIX

Huum. Elle adorait la crème et la sienne était plus savoureuse que jamais.

Melly aurait bien aimé rester dans la douche pour la partie deux, là où, au lieu de se chamailler avec elle, il se serait servi de sa langue ; cependant, elle avait regardé ses messages avant de rejoindre son intello sexy et si elle ne ramenait pas vite ses fesses à la maison, Arik allait envoyer les Pires Connasses après elle. Vu qu'elles allaient juste débarquer et reluquer Theo, elle avait intérêt à se mettre en mouvement.

Elle relâcha sa queue et il s'effondra contre le mur. Ça, c'était un spectacle qui la faisait sourire. Elle se leva et s'apprêta à sortir de la douche avant qu'il ne la pousse contre le carrelage, son intello n'étant pas aussi inconscient qu'elle le croyait. Son regard s'enflamma.

— Où est-ce que tu vas ?
— J'ai une réunion.

— Ça peut attendre, grogna-t-il.

Pas comme un métamorphe, mais comme un homme qui la désirait.

— Je n'en ai pas fini avec toi.

Il glissa ses mains entre ses cuisses et elle miaula lorsqu'il la caressa. Il avait eu son moment de plaisir et pourtant il voulait lui en donner en retour.

Melly n'allait pas lui dire non, pas quand il s'agenouilla entre ses jambes et les écarta. Il ne perdit pas de temps pour trouver son entre-jambes, sa langue séparant ses lèvres pour la goûter. Elle passa la jambe par-dessus son épaule face à son initiative, s'ouvrant à lui et il en profita.

Jamais on ne l'avait aussi bien dévorée dans sa vie. Il savait comment jouer avec son clitoris, le taquinant avec ses lèvres, frottant sa langue tellement vite et fort qu'elle haleta immédiatement, tirant sur ses cheveux.

Il grogna contre elle, montrant un plaisir pur qui aurait pu lui donner un orgasme. Elle avait envie de jouir, mais il s'arrêta.

Elle émit un miaulement pathétique.

— Dis-moi où tu as acheté les munitions, lui demanda-t-il contre sa chair palpitante.

Sérieux ? Il avait choisi cet instant pour parler affaires ? Elle se raidit.

Il enfonça un doigt en elle et elle tressaillit.

— Dis-le-moi et je te fais jouir.

Du sexe contre des secrets ? C'était étonnant

venant d'un intello comme lui et c'était aussi bizarrement très sexy.

— Je peux toujours me masturber si jamais.

— C'est vrai.

Il lui souffla dessus et lui massa le clitoris jusqu'à ce qu'elle halète. Il continua, comme s'il ne venait pas de la rendre folle.

— Ou bien je pourrais te proposer un marché. Une immunité contre des informations.

— Une immunité pour mes amies et moi et en plus tu me fais jouir.

Il pressa son pouce contre son clitoris.

— T'en demandes beaucoup.

— Je risquerai plus en te disant la vérité.

Elle s'écrasa contre sa main.

— Marché conclu. Parle.

— Je récupère les munitions dans les tunnels.

— Quels tunnels ?

Il l'étira avec un deuxième doigt.

— Sous la ville. Mais le lieu change souvent.

Elle se cambra.

— Tu peux m'y emmener ?

— Non.

— Mauvaise réponse.

Il retira ses doigts.

— OK, très bien. Oui. Je t'y emmènerai.

Il remit ses doigts en elle et rapprocha sa langue avant de chuchoter :

— Quand ?

— La semaine prochaine.

Il s'arrêta.

— Ce soir ? couina-t-elle, sur le point d'avoir un orgasme.

— Tu me le promets ?

— Oui ! dit-elle d'une voix aiguë alors qu'il terminait ce qu'il avait commencé.

Il enroula sa langue autour de son clitoris et ses doigts la pénétrèrent jusqu'à ce qu'elle jouisse. Une vague frissonnante qui la laissa faible et satisfaite, encore plus que lorsqu'elle avait volé la crème fraîche dans les cuisines de la résidence la semaine dernière.

Elle s'était fait vaincre par l'humain et il le savait aussi.

Quel petit con suffisant. Il se leva, très content de lui. Et il avait de quoi. Il s'était bien occupé d'elle.

Elle avait envie de ronronner. De le griffer. De le chevaucher jusqu'à ce qu'ils jouissent à nouveau tous les deux. Mais ils entendirent toquer à la porte, même depuis la douche.

— Qui est-ce ?

Il tourna la tête, l'air sévère. Pendant un instant, Theo parut même dangereux.

Pour un humain.

Elle lui tapota la joue.

— C'est mon chauffeur. Merci pour cette petite partie de jambes en l'air matinale.

Il l'attrapa alors qu'elle sortait de la douche.

— Tu ne peux pas partir maintenant.

— Si et je le fais.

Elle se dégagea de son emprise et partit en prenant la seule serviette qui se trouvait dans la salle de bain.

Alors qu'il plongeait vers le placard pour en trouver une autre, elle ferma la porte de la salle de bain et cala une chaise sous la poignée. Cela le retiendrait quelques minutes, le temps qu'elle s'habille.

Il frappa à la porte, très énervé contre elle. Ce ne fut que lorsqu'elle eut terminé de s'habiller qu'elle enleva la chaise et s'avança vers la porte d'entrée.

Il sortit de la salle de bain seulement vêtu d'une serviette autour de la taille, un spectacle qui lui donnait envie de rester. Elle aurait été prête à lui grimper dessus, sur sa peau humide, sauf qu'elle entendit Joan hurler :

— Ramène tes fesses, connasse avant que je ne vienne te chercher ! On a des affaires à régler.

Melly lui souffla un baiser et dit :

— À plus tard, Theo.

Au lieu de lui répondre, il lui tourna le dos et retourna dans sa chambre. La serviette glissa, dévoilant ses fesses fermes.

Elle faillit dire à Joan de partir sans elle. Mais le devoir envers le Clan l'appelait.

Elle fit un détour par chez elle pour changer de tenue. Pas besoin que le patron sente ce qu'elle avait fait. Mais il le devina quand même.

Alors qu'elle entrait dans le bureau d'Arik, ce dernier rugit :

— Tu as couché avec le type du fisc ?!

— Il avait un lit assez grand pour deux. Mais ne t'inquiète pas, il ne s'est rien passé dedans.

— Tu mens ! s'emporta Arik.

— Pas vraiment. On a fait ça dans la douche, pas dans son lit. On n'en a pas eu le temps puisque t'as envoyé Joan pour venir me chercher.

— Tu m'étonnes que j'aie été obligé d'envoyer quelqu'un te récupérer quand ce matin Reba m'a dit où tu avais atterri.

— Relax, il ne sait rien.

— Il était là quand les ours ont débarqué. Il a forcément dû voir quelque chose.

— J'ai cassé ses lunettes et je l'ai mis sous la table. Je te promets qu'il n'a rien vu.

Arik se frotta le visage.

— J'espère que tu as raison, mais même si c'est le cas, à quoi tu pensais bon sang ? Un humain dans la salle du fond du restaurant ?

Elle réalisa qu'elle avait eu envie de le montrer, ce qui n'avait aucun sens. Ce n'était pas comme si Theo était un trophée pour elle.

— Tu l'as bien fait avec Kira.

— Parce que Kira était mon âme sœur. Tu essaies de me dire quelque chose, là ? demanda le roi en haussant un sourcil.

Elle ne put s'empêcher de tressaillir d'un air horrifié :

— Non !

Jamais. Pas avec Theo. Un humain. Un intello qui n'avait même pas essayé de la toucher quand ils étaient au lit. Quel homme n'essayait pas au moins de faire semblant de se blottir contre elle ?

— Alors si tu ne comptes pas mordre cet homme pour le revendiquer comme tien, pourquoi est-ce que tu l'emmènes à des endroits où il ne devrait pas être putain ?

Le roi savait élever la voix sans crier. Elle avait peut-être frissonné un peu. Mais une lionne ne bat jamais complètement en retraite. Elle retourna la situation.

— Il m'a proposé un marché.

— Quel genre de marché ? demanda Arik en tapotant ses doigts sur le bureau.

— Le genre qui peut permettre d'abandonner l'enquête sur la fraude fiscale.

— Ce qui est un tout autre problème. À quoi tu pensais bon sang ? On a déjà des comptables que tu aurais pu solliciter. Des dispositifs de sécurité qui permettent de ne pas attirer l'attention.

— Le programme que j'ai conçu a besoin d'être ajusté.

— C'est un peu trop tard, tu ne crois pas ?

— Je vais m'en occuper, marmonna-t-elle.

— En échange de quoi ? Car j'imagine qu'il ne fait pas ça gratuitement.

— Certaines choses n'ont pas de prix, dit-elle en secouant ses cheveux.

— La confiance que tu éprouves envers tes compétences est admirable, mais je suis certain qu'il voulait plus que ça.

Melly se renfrogna.

— Je lui ai promis de l'emmener voir mon fournisseur d'armes et de munitions.

— Tu as quoi ?!

Le rugissement fit trembler les fenêtres.

Elle grimaça.

— Je sais, j'ai merdé.

— À vrai dire, ça pourrait peut-être jouer en notre faveur. Si tu l'emmènes dans ces tunnels, il n'en ressortira probablement pas vivant.

Ce fut à son tour de s'énerver contre son roi.

— Tu veux qu'il meure.

— Ce n'est pas comme si tu me laissais beaucoup de choix. Et ne sois pas en colère contre moi. Il ne serait pas dans cette situation si tu n'avais pas été si créative avec ta comptabilité.

Elle baissa la tête.

— J'ai retenu la leçon.

— J'en doute, mais ce sera bientôt le cas. Emmène cet homme dans les tunnels et laisse la nature s'en charger.

— Et s'il s'en sort vivant ?

Arik la cloua sur place avec son regard, un regard que seul un roi pouvait imprégner d'une telle force.

— Es-tu ou non une chasseuse du Clan ?

— Je le suis.

— Alors je suis sûr que tu feras en sorte que ça n'arrive pas.

Tuer l'homme qui l'avait si bien manipulée au point d'avouer ses secrets ? Elle se demanda s'ils avaient le temps de remettre ça une dernière fois avant qu'elle ne le conduise à sa perte.

CHAPITRE SEPT

Melly était partie juste après qu'il l'ait fait jouir. Pas de baiser. Rien. Elle lui avait juste vaguement promis dans la douche de l'amener à la personne qui vendait les munitions, et qui agissait peut-être en toute légalité. Même s'il en doutait fortement.

Il ne savait pas pourquoi son instinct lui criait de suivre cette piste. Cela ne faisait pas partie de sa mission, mais Theodore savait que cela intéresserait Maverick. Et même s'il ne l'était pas, il avait des amis à l'ATF[1] qui le seraient.

Cependant, il ne savait absolument pas si elle y donnerait suite. Elle pouvait aussi bien lui dire oui que non. Le forcerait-elle à la taquiner sexuellement pour qu'elle lui fasse une autre promesse ?

Il ne pouvait qu'espérer.

Bon sang. Mais qu'avait-il fait ? En couchant avec

elle, il n'avait fait que compliquer son travail au lieu de le faciliter.

Il alla au bureau en prenant un air renfrogné, sans que personne ne le remarque vraiment.

Ce n'avait pas été en étant chaleureux et sympathique qu'il avait hérité de son surnom L'Homme de Glace.

Et pour en rajouter une couche, Maverick l'appela rapidement dans son bureau.

— Alors, où en sommes-nous concernant l'enquête sur le Clan ? demanda Maverick en le regardant.

— J'enquête toujours. J'ai rencontré l'un des suspects mais je n'ai pas encore beaucoup avancé.

Du moins au niveau de l'enquête en tout cas. Pour le reste, il était rapidement passé à l'étape supérieure.

— Qu'est-ce qu'ils nient ?

—Rien pour le moment. Celle que j'ai interrogée reconnaît avoir déclaré des munitions illégales sur ses impôts.

— Et Les Industries du Clan sont impliquées.

— Pas vraiment. D'après ce qu'elle a dit, son fournisseur ne fait pas partie de ce groupe. J'en saurai plus après les avoir rencontrés ce soir.

— Une réunion ? Excellent, dit Maverick qui semblait satisfait.

C'est pourquoi Theodore aborda ensuite le point qui n'allait pas lui faire plaisir.

— Il se peut que j'aie promis à Melly, je veux dire

Mademoiselle Goldeneyes, une immunité en échange d'information sur son fournisseur d'armes.

— Quoi ? s'exclama Maverick.

Ce n'était probablement pas le moment d'admettre qu'il avait aussi immunisé ses amis et sa famille.

— J'avais besoin qu'elle me fasse confiance.

— Vous n'auriez pas dû lui faire cette promesse. Je ne peux rien vous garantir tant que je n'en sais pas plus sur la situation.

Theo ressentit une pointe de culpabilité.

— Et si elle me fournit plus d'informations ?

— Il vaudrait mieux que ce soit plus qu'un simple fournisseur d'armes.

— Je vais voir ce que je peux trouver.

Quittant le bureau de Maverick, il eut à peine le temps de traverser la ville pour se rendre à son prochain rendez-vous au complexe immobilier du Clan.

Melly avait évoqué qu'elle le verrait plus tard. Elle ne lui avait pas donné d'heure ni de rendez-vous. Elle n'avait pas confirmé non plus.

En attendant, il pourrait peut-être s'entretenir avec quelqu'un d'autre qui finirait par révéler quelque chose qui satisferait Maverick. Ou au moins une information qui empêcherait Theo de devenir timbré. Ou dans son cas, ne dirait-on pas plutôt devenir impôtent ?

Il s'avança jusqu'à la porte et cette fois-ci, on le laissa rentrer immédiatement. Il se gara sur l'une des trois places réservées aux visiteurs. Quand il entra, quelqu'un dans le hall cria :

— C'est le type du fisc ! Cachez vos biens, mesdames.

Elles reboutonnèrent toutes leurs décolletés en gloussant.

Cela ne l'amusa pas. Il tourna les talons pour leur jeter un regard noir. Il portait ses lunettes de rechange. Il en avait d'ailleurs plusieurs puisque les incidents étaient nombreux, surtout avec ses crises d'éternuements à répétition. Bizarrement, cette fois-ci quand il entra, ses allergies le gênèrent moins que d'habitude.

— Ne pas divulguer ses revenus lors de vos déclarations fiscales est un crime fédéral, leur rappela-t-il puisqu'il avait leur attention.

— Tout comme d'avoir des balais dans le cul, pourtant..., marmonna quelqu'un d'autre.

Le balai en question ne fit que le faire se tenir un peu plus droit.

— Je suis ici pour le travail.

— Sans blague, ricana une voix féminine. Mais Melly n'est pas là. Elle fait quelque chose pour Arik.

Arik ? La jalousie qu'il éprouva furtivement mourut aussi tôt lorsqu'il se rappela qu'il s'agissait de son employeur. Exécutait-elle une partie du travail de sécurité qu'elle avait évoqué la veille ?

Peu importe.

— Je ne suis pas ici pour voir Mademoiselle Goldeneyes. Si vous voulez bien m'excuser mesdemoiselles.

Il s'éloigna et les entendit rire.

— Il nous a appelées mesdemoiselles.

— Parce qu'il voit bien qu'on a la classe.

— Pff, t'as aucune classe, tu n'y connais rien.

— Dis-moi ça en face salope !

Malgré ces mots provocateurs, il doutait qu'elles en viennent à se battre. Un endroit aussi chic ne convenait pas à ceux qui avaient l'instinct bagarreur.

Mais bon...

Alors que les portes de l'ascenseur se fermaient, il aurait juré voir un corps voler par-dessus le canapé. C'était probablement un effet d'optique.

Cette fois-ci, il se rendit au sixième étage, trouva la bonne porte et frappa.

Quand celle-ci s'ouvrit, une femme blonde, presque aussi grande que lui, le regarda de haut en bas.

— Oh, regardez-moi comme il est beau.

Troublé, il se souvint qu'elle était sa mission.

— Madame Vandercoop, je suis Theodore Loomer, je travaille pour l'IRS. Nous avons rendez-vous pour discuter de vos impôts.

Elle écarquilla les yeux.

— Mince, c'est aujourd'hui ? Donnez-moi une seconde.

Elle claqua la porte, le laissant seul dans le couloir. Il fronça les sourcils. Surtout qu'il entendait tout un tas de bruits, des coups et sons sourds. Son nez le chatouilla. Il prit un autre antihistaminique, c'était le troisième depuis ce matin. Il ne comptait pas éternuer de sitôt.

Il toqua à la porte.

— Madame Vandercoop, je ne me soucie pas de la propreté de votre maison. Je suis simplement ici pour parler de vos impôts.

Il entendit de nouveaux bruits sourds avant que la porte ne s'ouvre sur une femme aux cheveux plus hirsutes et aux joues rouges. Elle lui sourit.

— Je rangeais un petit peu. Ce n'est pas souvent que j'ai de la compagnie masculine. Entrez, allez-y.

En entrant, il remarqua que l'appartement était bien plus propre que celui de Melly. Aucun débris ni vaisselle ne jonchait le sol. Les comptoirs brillaient. Les meubles étaient même utilisables. Ce qui était étrange, c'était le manque de décoration sur les murs. Et plus étrange encore, ceux-ci étaient recouverts de clous et crochets, comme si elle y avait accroché de nombreuses choses qui avaient été retirées.

Elle surprit son regard.

— J'ai, hum, rompu avec mon petit ami. Vous savez comment c'est quand on a besoin d'un nouveau départ.

Elle lui fit un grand sourire. Qui n'avait rien de rassurant.

— On passe aux choses sérieuses ? proposa-t-il en désignant la table. Je peux ?

— Je vous en prie. Je n'ai rien à cacher.

— Ça me changerait, marmonna-t-il en posant sa mallette pour l'ouvrir.

Il en sortit un nouveau dossier. Il contenait encore moins d'informations que celui sur Melly.

Soit ces femmes parvenaient à rester en dehors de la sphère publique, soit quelqu'un s'occupait d'effacer leurs données. Ce qui était juste de la paranoïa. Car la plupart des criminels avaient plutôt tendance à être insolents. C'était d'ailleurs comme ça qu'ils se faisaient prendre. Ce ne fut que lorsqu'il ouvrit le dossier que le parfum le frappa. Jetant un coup d'œil à gauche, il faillit tomber de sa chaise. Madame Vandercoop avait décidé de se tenir tout près de lui. Très près.

— Vous sentez bon, dit-elle. Qu'est-ce que vous portez comme parfum ?

— Du savon.

— Non, il y a autre chose.

Elle se pencha et prit une grande inspiration.

— Oh, regardez-vous. Il se passe des choses très intéressantes.

Il craignait savoir ce que cela signifiait.

— Avez-vous les reçus de votre dernière déclaration d'impôts pour qu'on puisse les étudier ?

— Un homme d'affaires. Ça me plaît. Bien sûr que j'ai mes reçus. Ils sont dans la chambre. Donnez-moi une seconde.

Elle s'en alla et il jeta un coup d'œil à l'appartement et à sa décoration chic. Elle était similaire à la sienne, mais plus colorée. Il se demanda ce qui avait été accroché aux murs auparavant. Les crochets lui rappelaient ceux utilisés pour suspendre les épées. Mais qui aurait besoin d'autant d'épées ? Et pourquoi les cacher ?

— Oh, monsieur de l'IRS, pouvez-vous venir une minute ? l'appela-t-elle depuis la chambre.

— Je ne pense pas que ce soit une bonne idée.

À vrai dire, il était certain que c'était même une très mauvaise idée.

— Mais j'ai besoin de votre aide. La boîte avec les documents est trop haute sur l'étagère.

Et comment était-il censé l'aider puisqu'elle était aussi grande que lui ?

— Vous n'avez pas de tabouret ou de chaise sur laquelle tenir debout ?

— Si, mais et si je tombe ? J'ai besoin que quelqu'un me stabilise.

Cela lui parut assez raisonnable.

Theodore entra dans une chambre recouverte d'or rose et de pompons. Tellement de pompons. Ils pendaient du lustre aux cristaux scintillants et sur le côté des oreillers. Même les bords des tapis et de la couette avaient des pompons.

— Où êtes-vous ? demanda-t-il.

— Dans le placard.

En entrant à l'intérieur, Theodore trouva d'autres pompons accrochés aux tétons de Madame Vandercoop. Il détourna le regard.

— Madame, vous semblez avoir égaré votre chemise.

— Est-ce que vous avez déjà vu la danse des pompons de près ? demanda-t-elle.

Agitant la poitrine, elle le gifla avec le tissu filandreux.

— Votre attitude est plus qu'inappropriée.

— Est-ce votre façon de me traiter de vieille ?

— Pas du tout. Vous semblez oublier que je ne suis pas ici pour vous divertir mais pour faire mon travail.

— Votre travail ne consiste-t-il pas à m'examiner ? Me voilà ! Prête pour l'inspection.

— Je m'en vais.

Il tourna les talons et serait sorti du placard s'il n'était pas tombé nez à nez avec un visage renfrogné.

— Melly ? ne put-il s'empêcher de demander d'un air surpris.

— Bonjour, Theo. Je m'attendais à te trouver ici. Tante Marissa, dit-elle d'un ton sec.

— Tu as besoin de quelque chose chère nièce ? Comme tu peux le voir, je suis occupée.

— Je vois ça, oui, marmonna Melly. Tu peux nous excuser une seconde, Theo ? Il faut que je parle à ma tante.

— Nous avons rendez-vous elle et moi.

— Dans son placard ? demanda Melly. Et après ce qu'on a fait toi et moi ? C'est de mauvais goût.

Il ouvrit et referma la bouche avant de s'exclamer :

— Il ne s'est rien passé !

— Seulement parce que je suis arrivée à temps.

— Bon, Melly, dit la femme plus âgée.

— Je n'ai pas fini, Tatie. Maintenant, Theeee-o-o, si tu veux bien nous excuser, dit-elle en exagérant la prononciation de son prénom.

Vu son regard noir, il ne comptait pas discuter. Il y avait quelque chose d'un peu sauvage et indompté dans ces yeux furieux. De la jalousie aussi.

Jamais aucune femme dans sa vie n'avait exprimé de jalousie. Cette nouveauté l'intriguait. Il s'assit à table avec le dossier ouvert alors que la porte de la chambre se refermait. Que se passait-il à l'intérieur ? Il supposa que Mme Vandercoop allait se faire passer un savon par sa nièce. Et c'était bien mérité.

Sa théorie se confirma, du moins c'est ce qu'il crut comprendre alors qu'il entendait des voix, l'une d'elles aiguë et rapide, l'autre plus basse et murmurant calmement et il sut que c'était celle de Melly. Puis ses voix discrètes furent remplacées par des bruits de coups. Quelque chose n'arrêtait pas de cogner le mur, assez souvent pour qu'il ait presque envie d'aller voir. Quand la porte s'ouvrit enfin, Melly sortit, l'air suffisant et Mme Vandercoop avait retrouvé ses vêtements mais sa lèvre était désormais enflée.

Elle tenait aussi un chèque qu'elle lui tendit.

— Je m'excuse d'avoir essayé d'escroquer le gouvernement. Prenez ça et partez.

Le nombre de zéros sur le chèque était plus que suffisant pour payer une amende. Waouh. Mais il n'avait même pas eu l'occasion de voir les reçus en question.

— Ce n'est pas si simple.

Mme Vandercoop regarda Melly qui avait croisé les bras sur sa poitrine. Elle semblait amusée.

— Il va falloir que ce soit simple, parce que j'ai un rendez-vous qui m'attend. Si je vous dois plus, alors envoyez-moi une facture et je posterai un autre chèque.

Melly intervint.

— Tu as entendu ma tante. Ton travail ici est terminé.

— Elle ne m'a jamais montré ses reçus.

— Ce n'est plus nécessaire puisqu'elle n'en réclame plus les remboursements. Il est donc temps – comme dirait la petite Cecilia – de déguerpir.

— Mais...

En quelques secondes, Theodore se retrouva dans le hall, déconcerté par la façon dont les choses s'étaient déroulées. À la fois soulagé par son sauvetage, mais surtout perdu.

— Comment as-tu su que j'étais avec ta tante ?

— Les nouvelles vont vite dans la résidence, se plaignit Melly en grommelant. Mon téléphone a vibré plus de fois que le jour de mon anniversaire parce que tout le monde m'alertait que mon intello rendait visite à ma Tatie.

— Je ne l'ai jamais encouragée à faire ça.

Cela lui semblait important de le lui faire savoir.

— Je n'ai jamais pensé que c'était le cas. Depuis

que mon oncle l'a quittée pour une femme originaire de l'est, elle se laisse aller à des penchants lubriques.

— C'était assez effrayant, avoua-t-il alors qu'elle le guidait vers les escaliers à l'autre bout du couloir.

Six étages plus bas.

— Tu avais raison d'être terrifié. Ces trucs-là peuvent t'arracher l'œil. Va expliquer ça aux flics quand ils débarquent en affirmant qu'elle a attaqué un type.

Il s'arrêta dans les escaliers.

— Tu plaisantes n'est-ce pas ?

Son regard doré et vert dissimulait beaucoup de choses. La vérité, du défi et de l'amusement.

— Ne t'approche pas de ma tante.

Bizarrement, ça sonnait plus comme une menace.

Elle ouvrit la porte du cinquième étage, prête à partir.

Il balança la première chose qui lui vint à l'esprit.

— À quelle heure retrouvons-nous ton dealer d'armes ?

Elle laissa la porte se fermer et s'approcha de lui en sifflant :

— Chut, imbécile ! Il ne faut pas qu'on t'entende.

— Mais il n'y a personne ici.

— Personne que tu ne vois. Mais les bruits se propagent. Il ne faudrait pas qu'iel [2]l'apprenne.

— En quoi est-ce un problème de ramener un nouveau client ?

Elle le regarda avec stupéfaction, et pourtant il n'avait rien fait.

— Tu n'as vraiment aucune idée de comment ça marche. Tu es si protégé, dit-elle en lui tapotant la joue. Allez, viens. Allons à mon appartement.

— Tu ne veux pas plutôt dire le cloaque de la mort ?

Il n'avait pas eu l'intention de le dire à voix haute et pourtant il l'avait fait et elle éclata de rire, un son merveilleux et pétillant qui le réchauffa de la tête aux pieds.

— Tu as de la chance. Aujourd'hui, c'était le jour du ménage.

Apparemment, c'était aussi celui des miracles. Il entra dans un espace totalement différent de la dernière fois avec des sols et des comptoirs étincelants, sans une once de poussière et tous les coussins étaient sur le canapé.

— On croirait entrer dans un univers parallèle, marmonna-t-il, ce qui la fit rire.

— Encore une façon de montrer ton côté geek intello.

— Je suis tout sauf un geek intello, se défendit-il.

Un intello n'aurait pas des pensées aussi lascives concernant un dossier. Avant, il n'avait jamais eu aucun mal à séparer le travail du fantasme. Cette fois-ci, il avait envie d'envoyer valser sa mission.

— Tu es tellement un geek intello. Et je peux le

prouver ! s'exclama Melly. Tes habits sont rangés par couleur.

Pas la peine de lui demander comment elle savait ça. Elle avait manifestement fouillé dans son placard.

— Ce n'est que partiellement correct. Je les regroupe aussi par saison.

— C'est complètement dingue.

— Je ne vois pas pourquoi. Quand on pense aux différents besoins vestimentaires de chaque saison, c'est juste sensé.

— Je parie que les affaires dans tes tiroirs sont pliées.

— Il n'y a pas d'autre possibilité, non ? ne put-il s'empêcher de demander d'un air perplexe.

Pourquoi prendre la peine d'ouvrir un tiroir pour y ranger des vêtements s'ils n'étaient pas enroulés à la Marie Kondo ? Sa capacité de rangement s'était décuplée après avoir lu son livre.

— Si j'allais dans ta cuisine, là tout de suite, je parie que les boîtes de conserve ont toutes leurs étiquettes en avant et sont classées par ordre alphabétique.

— C'est faux.

Face à son regard insistant, il haussa les épaules.

— Oui, les étiquettes sont vers l'avant mais je les classe par genre. Légume, soupe, fruits.

— Aha ! Je le savais.

— Ça ne fait pas de moi un geek intello.

Il savait comment l'on percevait les soi-disant geeks. Mais il ne savait pas pourquoi c'était si important pour lui qu'elle ne le considère pas comme quelqu'un de faible.

— Est-ce que tu as regardé *Star Wars* plus de trois fois ? lui demanda-t-elle.

— Seulement les originaux, se défendit-il.

— Alors que moi j'ai regardé *La Folle Histoire de L'espace* une centaine de fois, *Sharknado* au moins une douzaine de fois et je pleure toutes les larmes de mon corps à chaque fois que je regarde *Le Roi Lion*.

Il n'avoua pas qu'il aimait secrètement *La Folle Histoire de L'espace*, notamment lorsqu'ils ratissaient le désert. Cela le faisait toujours rire.

— J'aime les comédies et les classiques de dessin animé.

— Raconte-moi une blague de prout.

Il cligna des yeux.

— Pardon ?

— Tu ne peux pas n'est-ce pas ? Parce que : a) tu n'en connais pas et b) même si c'était le cas tu ne la répèterais pas.

Elle l'avait mal jugé. Elle semblait croire que parce qu'il respectait les règles, il était coincé et ennuyeux et n'avait aucun sens de l'humour, c'est pourquoi cela l'amusa beaucoup de lui répondre :

— Qu'est-ce qui se passe si tu pètes à l'église ?

Avant même qu'elle ne puisse répondre, il dit :

— Tu es obligé de dire au prêtre : « Pardonnez-moi mon père, car j'ai pété ». Pourquoi est-ce qu'il ne faut jamais péter dans un ascenseur ? Parce que c'est mal, à tous les niveaux.

Il termina avec :

— Si un pet est émis à la vitesse du son, est-ce que tu l'entends ou tu le sens en premier ?

Elle resta bouche bée devant lui, puis lui fit son sourire le plus éclatant.

— Oh, mon cher Theo. Il y a peut-être encore de l'espoir pour toi ?

— Parce que je peux raconter une blague de mauvais goût ?

— Parce que tu as un sens de l'humour, sans oublier que tu es très doué avec ta langue, dit-elle en lui pinçant le menton. Dommage qu'on n'ait pas le temps de remettre ça.

Pourquoi n'avaient-ils pas le temps ?

— Tu as négocié un accord pour toi et ceux dans ta résidence qui devaient de l'argent, alors pourquoi as-tu fait payer ta tante ?

— Parce qu'elle m'a énervée. Elle sait bien qu'il ne faut pas s'amuser avec mon jouet.

Elle lui tapota la joue, puis s'éclipsa.

Même si c'était mignon, cela n'atténua pas son irritation.

— Je ne suis pas ton jouet.

Elle lui jeta un regard mauvais par-dessus l'épaule.

— Ça veut dire que je ne peux plus jouer avec toi ?

— Non. Enfin si. Merde, Melly !

— Ah, voilà, ça, c'est de la passion. Je savais que tu l'avais en toi.

— Ce n'est pas de la passion, c'est de l'agacement. Tu fais exprès de me provoquer.

— Parce qu'avec toi c'est si facile.

— As-tu oublié que ton destin et celui de ta famille étaient entre mes mains ?

— Comment pourrais-je ? dit-elle en battant des cils avec mépris. Je suis très reconnaissante pour ce que tu fais. Je veux dire, quelle fille n'aimerait pas que la menace d'une peine de prison soit utilisée pour la faire chanter et pour que tu puisses obtenir ce que tu veux ?

La pertinence de son accusation le fit éprouver de la culpabilité et le fit rougir, ce qui était rare.

— Ce n'est pas du chantage. C'est simplement une alternative à ta situation.

Son rire rauque le toucha et le fit frissonner.

— Tu peux appeler ça comme tu veux, Theo. C'est de l'extorsion, pure et simple. Mais heureusement pour toi, ça ne me dérange pas. Tu veux rencontrer mon dealer d'armes alors qu'il en soit ainsi. Mais ne rejette pas la faute sur moi si les choses tournent mal, dit-elle en faisant une moue triste.

— Tu ne seras pas impliquée. Mon bureau s'assurera simplement qu'iel mène ses affaires légalement et si ce n'est pas le cas, il en informera les canaux appropriés.

Melly ricana.

— Iel vend des munitions interdites aux civils aux

États-Unis. Évidemment que ce n'est pas légal. Mais ça, ça ne regarde que toi, l'institution pour laquelle tu fais la balance et eux. Mais ne viens pas pleurer quand iel te brisera les rotules.

— Tout ira bien pour moi.

— Tu es tellement mignon quand tu as tort.

Elle secoua la tête et il se demanda s'il avait imaginé ce moment dans la douche.

Cette femme impudique. Cette passion…

— À quelle heure partons-nous ?

— Bientôt. Mais il faut d'abord que je me change.

Elle commença à se déshabiller, démontrant comment son appartement finissait en bazar chaque semaine.

Sa chemise heurta le sol et sans réfléchir, il se pencha pour la récupérer, marchant dans ses pas. Son pantalon était au niveau de ses chevilles lorsqu'il entra dans la chambre. Elle le jeta à l'autre bout de la pièce en se dirigeant vers son placard. Son string formait un cœur au niveau de ses fesses.

Il se pencha pour récupérer les habits par terre et elle se retourna, lui présentant ce tissu sur lequel était imprimé un cœur rouge qui recouvrait à peine son entre-jambes.

— Hum. Theo. Vilain garçon. Si seulement on avait eu un peu de temps, mais Marney a des horaires très stricts. Si l'on veut que ça marche, il faut qu'on fasse ça vite.

Il était sur le point de bêtement demander ce qui

était censé marcher, mais alors qu'il se redressait, elle le poussa en arrière jusqu'à ce qu'il heurte un mur. Elle mêla sa bouche à la sienne avec un baiser torride et intense. Le désir se fit vite ressentir.

Elle défit son pantalon et le libéra. Elle le prit fermement et il haleta bruyamment. Elle orienta son sexe vers son entre-jambes, mais elle était trop petite pour que cela fonctionne, alors elle lui grimpa dessus. Les bras autour de son cou, elle enroula ses jambes autour de sa taille et s'accrocha. Heureusement qu'il s'appuyait contre le mur, car sans le moindre préliminaire, elle s'empala sur lui.

Il cria et saisit immédiatement ses fesses, enfonçant ses doigts dans sa chair. Elle n'eut pas beaucoup besoin de lui. Elle se balança, se contractant et frottant, guidant sa queue profondément en elle, son sexe se contractant autour de celle-ci.

Elle jouit rapidement et il la suivit, criant alors qu'il éjaculait chaudement. Il savait qu'il ne se comportait pas normalement. Il avait même oublié de mettre un préservatif qu'il avait dans sa poche et elle ne s'était jamais arrêtée. Elle devait forcément prendre la pilule, non ?

Sinon... il existait des cliniques pour ça. Ce n'était pas la pensée la plus sexy, surtout avec elle qui haletait contre lui.

Elle soupira.

— Wah, c'était une réussite.

Puis elle sauta, retombant par terre avant de remettre son string.

— On ferait mieux de prendre une douche, dit-il tout en sachant que l'odeur du sexe leur collerait à la peau.

Elle lui sourit d'un air espiègle.

— Je n'en ai pas l'intention et suis mon conseil : il vaut mieux que tu portes mon odeur. Ça évitera tout malentendu quant à ta position.

— Je ne comprends pas ce que tu veux dire.

— Crois-moi. Tu n'as pas envie de rencontrer Marney en tant qu'homme célibataire. Sinon tu vas te faire bouffer.

— Donc, tu veux que je fasse semblant d'être ton petit-ami ?

Elle se mit à rire.

— Comme si Marney allait croire ça. Non, tu seras mon joujou. Tu as de la chance, j'ai exactement la tenue qu'il te faut.

---

1. Service fédéral des États-Unis chargé de la mise en application sur les armes, les explosifs, le tabac et l'alcool
2. Pronom de la troisième personne du singulier permettant de désigner les personnes, sans distinction de genre.

CHAPITRE HUIT

La tête qu'il faisait ?
C'était inestimable.
Notamment lorsqu'elle dénicha le collier en cuir clouté et qu'elle lui demanda s'il voulait le porter pour compléter son ensemble.

— Je ne vais pas aller là-bas en tant qu'esclave sexuelle, rétorqua Theo avec véhémence.

Il avait l'air si adorable avec sa cravate légèrement de travers. Les lèvres et les joues roses... Hum, ce que ces lèvres étaient capables de faire.

— Alors en tant que soumis ? Mon petit chou ? Un sacré beau morceau de viande ?

Il lui jeta un regard noir et elle en fut d'autant plus amusée. Finalement, il refusa de la laisser l'habiller pour qu'il s'intègre. Ce n'était pas très intelligent. Il ne se rendait pas compte qu'il était sur le point d'entrer dans un univers qui allait le manger tout cru. Littéralement.

En pensant à ce qu'elle avait planifié, elle fut soudain rongée par la culpabilité. Quels que soient les ordres qu'elle avait reçus, elle l'entraînait dans un piège. C'était assez contrariant pour qu'elle ait envie de crier. De le secouer un peu pour lui dire de prendre la fuite et vite. Mais ça ne changerait rien. Les chasseurs du clan le retrouveraient.

Mais même en sachant qu'il était condamné, ça ne l'avait pas empêchée de coucher avec lui. Elle n'avait pas pu s'en empêcher. Le fait d'être avec lui enflammait son esprit et son corps. Si seulement il avait été quelqu'un d'autre. Un métamorphe comme elle. Ou quelqu'un qui pouvait faire face à la réalité, comme la compagne d'Arik, Kira. Mais Theo était tellement rigide. Il les balancerait probablement à ses potes du gouvernement et ensuite ils auraient vraiment des ennuis.

Quel dommage qu'il soit obligé de mourir.

Cependant, elle ne ferait pas en sorte que ce soit facile. Elle allait essayer de lui offrir une certaine protection et pour ça, il lui fallait la bonne tenue. Elle avait besoin de ressembler à une connasse en liberté. D'avoir un côté : « Si tu touches à mon mec, je t'arrache le bras et te frappe avec ».

Pour ça, elle décida d'enfiler un jean troué, bien moulant avec des lacets qui maintenaient les coutures fermées de chaque côté. Comme ça, si elle devait se métamorphoser, elle pourrait rapidement l'enlever. Un débardeur noir qui se déchirait facilement. Pas de sous-vêtements. Parce que si elle devait se transformer elle préférait qu'ils ne se prennent pas dans sa queue. Elle se souvenait encore du fiasco l'année où elle s'était déguisée en une certaine super-héroïne. Quand était venu le temps de se transformer, elle était restée coincée dans son joli costume. Luna adorait lui envoyer cette photo chaque année pour le lui rappeler.

Avec un peu de chance, elle n'aurait pas besoin de faire sortir sa féline ce soir.

Quand Marney lui demanderait de laisser Theo seul avec iel, Melly accepterait et s'en irait.

Grrr. Son côté félin n'aimait pas du tout cette idée. Bizarrement, elle semblait vraiment aimer cet humain. Elle mit ça sur le compte de l'ennui. Cela faisait un moment que son autre moitié n'était pas sortie courir. Elle cherchait à se divertir par tous les moyens.

Bientôt, mon chaton. La pleine lune approchait. Même si elle pouvait se contrôler, ce serait plus difficile si sa lionne ne se défoulait pas bientôt.

Se pavanant hors de sa chambre, elle trouva Theo assis sur un tabouret de cuisine. Il pivota vers elle quand il l'entendit. Son regard appréciateur faillit à nouveau la mettre en retard. Et si la dernière fois était vraiment la dernière fois ?

Alors elle aurait obéi à son roi.

— J'ai besoin d'un verre et toi aussi.

— L'alcool n'est probablement pas une bonne idée, là tout de suite.

Elle le regarda par-dessus son épaule et lui fit un sourire.

— C'est toujours une bonne idée. Juste un verre pour se donner du courage.

— Je vais bien.

Et comme pour le contredire, son corps réagit et il éternua.

Elle avait de quoi résoudre ce problème. Elle fouilla dans l'étagère et en sortit deux verres à shooters.

— Tu vas boire un shot avec moi. Et ça va te plaire. Compris ?

Elle sortit une bouteille de Fireball à la cannelle. Même elle avait les yeux humides quand elle en buvait, mais au moins avec ça il ne sentirait plus rien.

Elle lui tendit un petit verre et il hésita avant de le prendre. Elle trinqua avec lui.

— Cul sec.

Elle pencha la tête en arrière et dès l'instant où l'alcool franchit ses lèvres, elle l'avala rapidement. Ça la brûla, comme un feu de cannelle qui consumait sa bouche. Elle tressaillit, certaine d'avoir vu des flammes.

Elle cligna des yeux larmoyants pour voir un Theo plus calme que jamais. En jetant un coup d'œil rapide, elle vit que son verre était vide.

— Eh ben, Poindexter.

— On a terminé ?

— Oh non, je n'en ai pas fini avec toi, mais ça attendra plus tard.

La bouche recouverte d'un rouge à lèvres vif, elle l'embrassa, laissant une marque visible qu'il ne sut pas comment enlever. Son doux intello ne savait absolument pas comment gérer une fille comme elle. Il n'en aurait jamais l'occasion non plus si elle ne prenait pas soin de lui.

IL Y AVAIT FORCÉMENT un moyen de satisfaire Arik et de garder Theo en vie, non ?

Il fallait qu'elle y réfléchisse. Elle attrapa Theo par la main et le traîna en bas.

— On va prendre ma moto.

— Cette fusée mortelle entre tes jambes ? Je ne crois pas non.

— Est-ce que tu critiques les femmes au volant là ?

— Non, c'est parce que je connais ton dossier de conduite. Trois accrochages et six contraventions. Les autoroutes allemandes n'ont pas de limite de vitesse.

— Parce qu'ils s'attendent à ce que les gens fassent preuve de bon sens. Je ne te recommande pas d'aller habiter là-bas du coup.

Elle resta bouche bée face à sa répartie.

— Bien joué. Mais on prend quand même ma moto.

— Je peux conduire.

Elle secoua la tête.

— Avec ta voiture on voit direct que tu es un agent fédéral. Elle est toute chiante et merdique. On n'a jamais vu ce genre de véhicule dans le quartier où on va. Et puis, on ne roulera pas longtemps. On va garer la moto et ensuite on se déplacera surtout à pied.

Les tunnels souterrains n'étaient pas vraiment propices aux déplacements automobiles. Même si les hoverboards et les Segways étaient assez populaires. Il fallait qu'elle en prenne un, ou les deux. Elle et les autres lionnes pourraient faire la course. Elle s'était toujours demandé si les hoverboards pouvaient planer à plus de quelques centimètres du sol, par exemple au-dessus du toit d'un bâtiment.

— Je ne suis pas habillé pour faire de la moto. Je n'ai même pas de casque.

— Ne t'inquiète pas. Je protègerai cette petite caboche.

Il ne parut pas très content lorsqu'elle emprunta le casque rose vif de Delaney.

— Je ne vais pas porter ça, protesta-t-il.

— Ta virilité se sent menacée ? demanda-t-elle doucement en tenant le casque qui pendouillait par la lanière.

— Il y a écrit Princesse SPM[1].

— Le terme adéquat serait plutôt diva en furie. On est restées polies quand on lui a offert pour son anniversaire.

Il croisa les bras et refusa de le toucher.

— Trouve-moi quelque chose de neutre.

— Tu me donnes des ordres maintenant ? Qui l'aurait cru ?

— Ce n'est pas parce que j'aime les activités cérébrales que je me laisse marcher dessus.

— Eh ben. Tu me grondes et pourtant ça reste sexy. Comment puis-je résister ?

Elle lui pinça le nez.

— Donne-moi une minute.

Il accepta de prendre le casque bleu et simple qu'elle venait de trouver et quand il grimpa sur la moto derrière elle, elle frissonna en secret en sentant ses bras autour d'elle. Elle ne le dirait jamais à ses copines. Elles se moqueraient probablement d'elle.

Theo était un bon partenaire au lit. Une personne divertissante, mais il fallait qu'elle se rappelle qu'il était humain, donc fragile. Vu sa nature, il risquait d'avoir du mal à s'intégrer avec le reste du clan. Surtout compte tenu du rôle de Melly. Les chasseuses ne pouvaient se permettre aucune faiblesse. Dommage. Parce qu'elle l'aimait vraiment, vraiment beaucoup.

Theo s'accrocha fermement alors qu'elle les propulsait dans les rues de la ville. Avec la nuit qui tombait, le trafic avait diminué dans certaines zones et s'était accentué dans d'autres, mais pas là où ils allaient. Les seuls véhicules qui s'y trouvaient avaient tendance à avoir des pots d'échappement bruyants, des châssis gonflés et de la musique à fond. Les bus circulaient toutes les heures, seulement parce qu'ils y étaient obligés. D'après les rumeurs, les chauffeurs gagnaient une prime de risques. Ce n'était pas si mal tant qu'on payait ses charges et qu'on s'attirait les bonnes grâces du clan des Hyènes. Leur matriarche dirigeait une équipe soudée qui n'arrêtait pas de ricaner.

Les lions avaient tendance à les éviter, mais comme elle ne pouvait rejoindre Marney que par le territoire des hyènes, elle devait faire une exception.

Les néons de l'enseigne du motel miteux grésillaient – trois des lettres avaient brûlé ou avaient été intentionnellement cassées pour que l'Hôtel Du Cupidon devienne l'Hôtel du Cu. On y louait des chambres à l'heure dans un environnement ou même elle n'aurait pas aimé rester trop longtemps.

Delaney avait attrapé des puces lors d'un rendez-vous qu'elle avait eu avec un type marié dans cet hôtel. Des puces qui se propageaient. Avant qu'elles n'aient réussi à les éradiquer, elles avaient été trop nombreuses à avoir des piqûres qui les démangeaient. Mais le plus embarrassant avait été d'être à court de solutions topiques et de devoir porter ces fichus colliers blancs pendant une semaine pendant qu'ils fumigeaient les appartements.

Theo la relâcha et descendit de la moto, enlevant son casque. Il ne paraissait même pas aussi ébouriffé que lorsqu'ils avaient couché ensemble.

Elle en fut assez fière.

— C'est ici que nous retrouvons ton contact ?

demanda-t-il en regardant autour de lui. Il posa le casque sur le siège de la moto.

Comme si elle allait rester là. Elle sentait déjà les regards qui se posaient sur eux. Qui convoitaient ses affaires. Elle observa sa moto, puis Theo. *Mes affaires.* Il était temps de faire comprendre à qui appartenait la moto et l'homme. Tournant le dos à Theo, Melly gronda contre les silhouettes tapies dans l'ombre, laissant ses yeux briller d'une lueur effrayante, montrant les crocs. Les informant de ce qui se passerait s'ils osaient la chercher. Elle était prête à les manger pour appuyer son message et pour protéger Theo. Et on s'en fichait de ce que voulait Arik, non ?

Son regard s'arrêta sur Theo et elle fronça les sourcils. Cet instinct qu'elle avait de le protéger était étrangement fort. Elle n'avait pas toujours des pulsions héroïques à l'égard de ceux qui ne faisaient pas partie du clan. Elle avait aussi tendance à éviter de ramener des gens avec elle quand elle allait retrouver de dangereux dealers d'armes.

Pourtant, il ne lui laissait pas le choix. L'accord qu'ils avaient passé pour l'immuniser elle est ses connasses de copines était trop intéressant pour qu'elle le laisse filer. Ce n'était pas son problème si le gouvernement s'en prenait à Marney pour des histoires de taxes et autre. Depuis quelque temps, iel ne demandait que ça. Iel ne dealait pas que des armes.

Les drogues produites en laboratoire étaient dangereuses. Pourquoi les gens ne pouvaient-ils pas simplement se contenter de fumer de l'herbe ?

D'ici la fin de la journée, Marney aurait soit affaire au fisc, soit Melly lèverait son verre à la mémoire de ce geek qu'elle avait connu. Melly le guida à l'intérieur de l'hôtel, regrettant de ne pas l'avoir habillé comme elle voulait pour qu'il ne se fasse pas remarquer. Mais peut-être que tout irait bien. C'était un endroit où même les plus coincés en costume venaient s'adonner à leurs vices. Il était facile de les repérer quand ils arrivaient, nerveux et tendus.

Mais pas Theo. Il avait une posture raide, mais fière et il en faisait un peu trop. Que pensait-il des murs avec leurs taches et la violence qui les avait marqués au fil des ans ?

Et qu'en était-il de la personne à la réception derrière le comptoir avec ses cheveux couleur arc-en-ciel, son maquillage sombre et ses lèvres pulpeuses ? Iel ne regarda même pas Theo et Melly quand ils passèrent.

Melly ouvrit la porte avec écrit « Utilitaire » dessus. Ils prirent des escaliers en métal grinçant qui menaient à une pièce remplie de machines, de tuyaux et de fils. Bizarrement, il n'y avait pas de débris ni de toiles d'araignées. Probablement parce que la trappe métallique au sol permettait d'accéder à un autre étage en dessous.

— Jusqu'où allons-nous descendre ? demanda-t-il avec une pointe d'inquiétude.

— Difficile à quantifier en mètres, mais plusieurs à mon avis. Il y a des tunnels sous la ville. Certains sont récents. Certains anciens. Ils sont tous connectés entre eux.

— Et c'est là que Marney vit ?

— Je ne sais pas s'iel vit là, mais Marney ne fait affaire que dans l'un de ses repaires.

— Il y en a donc plus que quelques-uns. Combien y en a-t-il ?

Elle haussa les épaules.

— J'en ai vu deux. Josee dit qu'elle en a vu trois et l'un de ses lieux de rencontres n'a l'air de ressembler à aucun de ceux que j'ai pu voir. Donc on ne sait pas vraiment.

— Alors comment sait-on où se trouve Marney ?

— Parce que quelqu'un nous escortera là-bas évidemment. Tu ne croyais quand même pas qu'ils nous laisseraient entrer comme ça.

Dès l'instant où elle prononça ces mots, ils franchirent la dernière marche et entendirent le cliquetis des armes.

Elle savait qu'elle devait lever les mains en l'air, Mais Theo regardait autour de lui comme s'il s'agissait d'une simple visite de courtoisie.

— Bonjour, je souhaiterais effectuer un achat.

Il n'aurait pas pu plus ressembler à un agent des stups.

La fille à la queue de cheval rose et verte lui donna un petit coup avec la pointe de son arme.

— C'est quoi ce bordel ? Tu nous as dénoncés à la police ou quoi ? les accusa-t-elle.

Vu qu'en mentant il risquait tout simplement de se faire tuer, Melly préféra dire la vérité, parce que c'était déjà assez bizarre comme ça.

— Je vous présente Theo. Il travaille pour le fisc. Il avait quelques questions à me poser sur mes factures.

Shania, la fille aux cheveux colorés, ricana.

— Pff, n'importe quoi.

Cet imbécile croyait toujours qu'il faisait face à des gens qui respectaient les règles.

— Je vous assure que c'est vrai. Je travaille pour l'IRS. J'ai même des preuves. Laissez-moi vous montrer mon badge, dit Theo en voulant prendre son portefeuille.

— Garde les mains en l'air ! aboya Shania.

Même lui avait compris qu'il valait mieux obéir. Il leva les bras.

— Vous pouvez regarder vous-même si vous voulez. C'est dans ma poche arrière.

Shania se mit alors à palper Theo qui ne fit rien pour éviter de se faire tripoter. Melly prit un air renfrogné au lieu de faire ce que lui suggérait sa lionne : frapper les mains de Shania pour qu'elle arrête de le toucher.

Habituellement, Melly était plutôt prêteuse, elle partageait son délicieux sundae caramel, elle prêtait sa dernière culotte propre, elle avait même déjà laissé une de ses connasses de copines conduire sa moto, mais elle ne put s'empêcher de pousser un grognement sourd lorsque Shania toucha l'homme qui portait son odeur.

Si tu veux mettre les choses au clair, il vaut mieux le mordre. La suggestion de sa féline la fit cligner des yeux, surprise, c'est pourquoi elle entendit à peine ce que dit ensuite Shania.

— Bordel de merde, il a bien un badge.

Shania loucha sur l'emblème avant de le tendre à Jenny. Jenny le mordit, comme si elle était capable de dire s'il s'agissait d'un vrai ou non. Alors que Barney les ignorait tous en jouant sur son téléphone.

— Tu couches avec un type de l'IRS, ricana Shania. J'imagine que c'est une façon de payer moins d'impôts.

— À vrai dire, Theo et moi nous sommes rencontrés à cause d'un problème concernant ma déclaration annuelle, dit Melly en évitant de répondre à la question.

— Et maintenant, tu l'entraînes dans une vie de crime. Comme c'est romantique, dit Jenny en soupirant.

C'était plus fou que romantique. Pourquoi avait-elle accepté de faire ça déjà ?

Ah oui, pour effacer son ardoise auprès du gouvernement.

Apparemment, croyant que tout allait bien dans le meilleur des mondes – le genre avec des papillons et des arcs-en-ciel – Theo pensa que c'était une bonne idée de mettre à nouveau les pieds dans le plat.

— Maintenant que vous êtes satisfaits de mes qualifications, je demande officiellement, en ma qualité d'agent de notre gouvernement fédéral, à rencontrer la personne qui a prétendument vendu à Mademoiselle Goldeneyes des armes de qualité militaire.

— Il demande officiellement, dit Jenny qui faillit s'étrangler de rire.

Et elle avait raison.

Tandis que Shania plissait les yeux.

— Quel que soit ce qu'affirme Mademoiselle Goldeneyes, c'est faux. Il n'y a pas d'armes militaires ici.

Il observa l'arme dans les mains de Shania.

— Ah oui ?

— As-tu déjà vu ces prétendues armes et trucs que cette salope de féline a achetés ? glissa Shania sans ajouter « ou pas ».

Ce qui inquiéta Melly, car cela voulait dire qu'elle savait que Theo ne sortirait pas vivant d'ici.

— Eh bien, non, c'est vrai, admit Theo. Mais malgré l'irrégularité de la facture, il semble y avoir une part de vérité dans ses affirmations, parce que vous êtes bien là. Faisant de votre mieux pour éviter de répondre à mes questions.

— Quelles questions ? T'en as pas vraiment posé encore, se moqua Shania.

Melly mourrait d'envie de manger du pop-corn avec du beurre en attendant la prochaine bêtise qui sortirait de la bouche de Theo le coincé. Il suivait un peu trop sérieusement les règles.

— Est-ce que vous ou votre employeur vendez des armes et autres équipements ? Et si oui, avez-vous payé les taxes appropriées pour les revenus collectés ?

— C'est une blague, dit Shania en restant bouche bée. Personne n'est assez con pour...

Elle se tut et plissa à nouveau les yeux, le regard plein de suspicion.

— Tu portes un micro, c'est ça ?

— Je l'ai vu s'habiller. Il n'en porte pas, dit Melly tout en sachant très bien quelle tournure prenaient les choses, et elle n'aimait pas ça.

Cette garce de Shania le savait tout aussi bien.

— Ça, c'est toi qui le dis, dit Shania en le tapotant avec son arme. Je veux en être sûre. Déshabille-toi et donne tes fringues à Jenny.

En un clin d'œil, Melly se retrouva front contre front avec la hyène. L'odeur de l'amusement de Shania l'enveloppa de son musc, s'enflammant.

Sa lionne faisait les cent pas en elle, exigeant qu'elle fasse payer cette femme pour son insolence. En lui manquant de respect, elle insultait le clan.

Theo plaça une main sur son bras.

— C'est pas grave. Je peux leur montrer que je n'ai pas de micro.

Ce salaud, qui évidemment, avait hâte de se déshabiller face à un public, enleva son manteau et sa chemise pendant que Melly tapait du pied et croisait les bras avec agitation.

Elles reluquèrent son torse. Pour un humain, il avait un physique plus qu'excellent.

— Continue, ordonna Shania.

Melly serra les poings avec jalousie et se balança sur la pointe des pieds. Elle s'occuperait d'abord de Shania, puis de Jenny, laissant Barney pour la fin.

Tant pis pour les ordres de son roi. Le besoin de protéger Theo prenait toute la place.

Quand Theo commença à enlever son pantalon, Barney décida d'intervenir.

— Garde ton pantalon, mon pote. Tu ne portes pas de micro, et même si c'était le cas, ce n'est pas comme si l'on pouvait avoir du réseau par ici. Personne ne te trouvera là où nous allons.

Son agacement s'estompa alors que Theo se rhabillait, aussi calme que possible, ce qui ne faisait aucun sens. Un homme comme lui – intello, avec un costume et des lunettes et une profession de gratte-papier – aurait dû trembler dans ses mocassins.

Elle avait emmené un gars avec des mocassins dans les tunnels.

Mais qu'est-ce qui n'allait pas chez elle ?

Rien qu'une bonne morsure ne puisse pas régler.

Grrrrr !

---

1. Syndrome prémenstruel

CHAPITRE NEUF

Melly fit une grimace féroce. On aurait dit qu'elle avait envie de lui arracher la tête avec ses dents. Elle le prenait probablement pour le pire des imbéciles aussi. Pourtant, dès l'instant où Theodore avait rencontré le trio qui les avait accueillis avec ces armes, il avait su qu'il devait être audacieux. Sinon, comment aurait-il pu s'approcher assez près pour examiner les différentes couches de cette opération souterraine ? Littéralement. Le sous-sol s'ouvrait sur une série de tunnels avec quelques échelles de temps en temps pour remonter, parfois même pour descendre plus bas. Dans les entrailles sombres où la lumière du jour ne pénètre jamais.

C'était terrifiant et exaltant à la fois. Lui, Theodore Loomer, L'Homme de Glace, avec le montant le plus important quand il était question de collecter les impôts, fonçait tout droit vers le danger. Il avait perdu le compte de toutes les personnes qu'ils avaient rencontrées jusqu'à présent. Ils étaient tous armés et dans certains cas, ils avaient aussi de longs couteaux. Voire même des épées.

Il avait mis les règles de côté pour le moment et entrait désormais dans un lieu sans loi où il allait peut-être être blessé ou mourir. Il avait du mal à se faire à l'idée que Melly, cette fille au goût merveilleux et qui émettait des bruits passionnés, était déjà venue ici auparavant. Quel genre de femme était-elle exactement ?

Le genre qui lui faisait choisir le plaisir avant le travail. Et cela n'arrivait pas souvent. En tout cas, il ne fallait pas que cela se reproduise, pas avec une affaire aussi importante. Il ne pouvait pas se permettre d'être distrait, c'était pourquoi il avait besoin de mettre le grappin sur Marney.

Le chemin montait puis descendait et ils revenaient également sur leurs pas, d'après lui. Leur stratégie pour les désorienter marchait plutôt bien. Il était perdu. Pourtant, il ne s'inquiétait pas. C'était son truc de garder son sang-froid. Un froid glacial. Cela désarmait les gens, bien plus que n'importe quelle fanfaronnade ou autre attitude.

Il sut qu'ils étaient arrivés à leur destination en apercevant la porte ornée de lumières de Noël clignotantes avec des gardes postés devant. Scintillantes et lumineuses, les lumières ne faisaient qu'éclairer les murs de pierre humides. Cependant, ce qui était intéressant, c'était que ses allergies ne se déclenchaient pas. D'habitude, il avait du mal avec les odeurs de renfermé. En général, elles lui bloquaient les sinus, mais rien ne se manifestait. Il n'éprouva pas de picotements non plus, ce qui était étonnant.

Peut-être que ses allergies s'amélioraient ?

Entrant derrière Shania, il fut surpris par ce qu'il vit. Premièrement, ils avaient manifestement dépassé les égouts. Même s'il avait vu des signes d'habitations au cours de leur trajet – des rideaux accrochés devant des passages, des matelas entourés de piles d'affaires – il ne s'était pas attendu à tomber sur une ville.

La caverne géante, éclairée par des centaines de guirlandes lumineuses était un mélange hétéroclite de pierres naturelles creusées par l'eau et le temps, ainsi qu'un assemblage désordonné de cabanes. Certaines étaient faites de tôles ondulées soudées les unes sur les autres. D'autres étaient constituées de lattes de bois, probablement des restes de palettes, clouées ensemble. Même le carton avait son utilité, certaines des cabanes bancales étaient faites de plusieurs couches de papier épais dont la surface était humide et moisie.

S'il n'avait pas été en train de le vivre, il aurait pu croire qu'il s'agissait d'un décor de film avec un sacré sens de l'imagination. Il connaissait les punks et le grunge. Il connaissait les différents types de skateurs. Mais les gens qu'il rencontrait ici étaient bien plus. Certains portaient des bandeaux avec des oreilles en fourrure qui dépassaient de leurs cheveux. D'autres avaient la peau tatouée d'écailles et portaient des lentilles de contact qui donnaient à leurs yeux un aspect jaune et fendu. Il y avait même un type qui avait fait de la chirurgie pour rétrécir et fendre sa langue en deux. Theodore faillit frissonner en passant.

Il ne comprendrait jamais pourquoi certaines personnes décidaient de changer leur corps en quelque chose qui n'était pas humain. Mais il n'était pas ici pour juger ou même se soucier de leur apparence. L'affaire qui lui avait été confiée venait d'exploser. Il était prêt à parier qu'aucun habitant de cette ville souterraine ne payait d'impôts. Il venait de faire la découverte de l'année, peut-être même de la décennie.

Leur arrivée suscita quelques regards curieux, la plupart tournés vers lui.

Il était un peu trop habillé, et pourtant il refusait de venir vêtu comme quelqu'un d'autre. Il ne se fondrait jamais dans la masse. Il ne pourrait jamais porter de jean moulant et ce style de dure à cuire qu'adoptait Melly avec tant de désinvolture.

Ça allait bien avec son air renfrogné et furieux, là, tout de suite. Elle jeta des regards noirs à droite et à gauche et les gens évitaient de lever les yeux vers elle. Comme s'ils avaient peur d'elle.

Pff, n'importe quoi. Elle était douce et gentille – jusqu'à ce qu'ils se déshabillent et couchent ensemble. Ensuite, elle devenait agressive et exigeante. À vrai dire, maintenant qu'il y réfléchissait, elle était aussi autoritaire quand elle était habillée.

Leur escorte les mena jusqu'à une zone au centre de la ville de fortune. Seul un trône s'y trouvait. En quelque sorte. Il s'élevait à plusieurs mètres du sol, un monument impressionnant constitué de détritus. Pourtant, malgré l'utilisation des déchets, cela n'en restait pas moins une œuvre d'art. Les pièces recyclées se mélangeaient pour créer un siège impressionnant.

Ils s'arrêtèrent à sa base et il observa la personne perchée dessus.

Iel portait une longue robe rouge à paillettes avec un décolleté plongeant. La vallée de son torse était profonde et poilue. Sa taille était serrée par un corset, lui donnant une forme accentuée de sablier. Au bout de ses jambes poilues qui dépassaient de l'ourlet de sa jupe, iel portait des bottes de combat et bien qu'iel soit chauve, iel avait une grosse barbe qui encadrait son visage carré. Derrière cette barbe luxuriante, un rouge à lèvres vif brillait. Les cils sur ses yeux vairons étaient épais. Iel les évaluait du regard. Sa voix monta et descendit quand iel prit la parole.

— Tiens, tiens, qu'est-ce ma petite garce m'a ramené ?

Melly glissa ses pouces dans la boucle de son pantalon et se balança sur ses talons.

— Salut, Marney.

— Tiens, c'est la petite de Goldie.

— J'ai un prénom. Que tu connais.

Marney sourit. Une dent en argent brilla parmi les autres, pointues.

— Les prénoms ce sont pour les amis. Les amis ne ramènent pas le gouvernement dans des lieux secrets.

— Ils le font quand le fisc leur court après.

— Et pourquoi as-tu attiré leur attention ? Hummm ?

Marney tapota l'accoudoir du trône.

— D'après les rumeurs, quelqu'un a créé une trace écrite de nos transactions, l'accusa Marney.

— Parce que je faisais l'objet d'un audit ! grommela Melly.

Theodore lui jeta un regard étonné.

— Tu les as falsifiées ?

— Oui et non. Les achats étaient bien réels, et une fois que j'ai su que tu venais, je les ai mis sur le papier.

— Tu me dénonces ! déclara Marney.

— C'est faux ! rétorqua Melly avec véhémence. Je me suis assurée que ton nom et ton adresse n'étaient pas sur la facture.

— Et pourtant te voilà. Avec le fisc.

— Si vous n'avez pas rempli votre déclaration d'impôts mais souhaitez faire amende honorable, on peut trouver un arrangement, proposa Theo.

— Et qu'est-ce qui vous fait croire que je ne les ai pas payés ? le taquina Marney. Rien qu'en me regardant, vous avez immédiatement eu des préjugés. Ce n'est pas étonnant de la part de votre espèce, l'insulta-t-il avec un grognement rauque.

— À vrai dire, j'ai fait cette déduction avant même

de vous rencontrer en me basant sur le fait que vous vendez des armes illégales.

— D'après qui ?

Marney tourna les yeux vers Melly.

— Ah oui, je pense qu'on sait qui nous a balancés.

— La dernière fois, tu m'as dit que j'étais là pour te recommander à mes amis.

— T'es une sacrée grande gueule aujourd'hui. T'as oublié à qui tu avais affaire ?

— Difficile d'oublier quand tu portes les vêtements de ma tante.

Marney se leva à moitié, son visage déformé par la rage.

Theodore s'interposa avant même de s'en rendre compte.

— Je pense qu'on ferait mieux de se calmer.

— Toi tais-toi.

Des yeux très maquillés lui jetèrent un regard noir.

— Ce n'est pas à toi que je m'adresse.

— Eh bien si, car c'est avec moi que vous avez un problème. Pas avec Melly.

— Tu es un désagrément dont je vais m'occuper, dit Marney en claquant des doigts avec ses longs ongles rouges et aiguisés. Occupez-vous de lui.

— Non ! cria Melly. Laissez-le tranquille.

— Tu sais que je ne peux pas.

— Il ne sait rien, dit-elle.

— Il en sait assez pour causer des problèmes. Tu as

de la chance que je doive une faveur à ton roi, sinon tu aurais partagé son sort.

Melly pinça les lèvres.

— En parlant de faveur...

— Laisse-moi deviner, tu veux sauver ton jouet.

Marney observa Theodore.

— Je ne peux pas faire ça, continua-t-iel, en revanche je peux vous organiser un rendez-vous galant, à condition que vous vous produisiez devant un public, dit Marney avec un sourire lascif.

— Je ne crois pas non ! s'énerva Melly. Qu'est-ce qu'il faut que je fasse pour sortir d'ici avec lui vivant ?

— Qu'es-tu prête à abandonner, fille de Goldie ?

Theodore fronça les sourcils en disant :

— Mais qu'est-ce que tu fais ?

— Je négocie pour ta vie, idiot. Je n'aurais jamais dû t'amener ici. Ne t'inquiète pas. Je vais régler la situation et te sortir d'ici.

— Pour aller où ? Il n'y a aucun endroit sûr pour lui maintenant qu'il a été marqué, se moqua Marney.

— Je connais des endroits, marmonna Melly.

— Non mais regarde-toi, non seulement tu te rebelles contre moi, mais aussi contre la volonté de ton roi.

Marney secoua la tête et ses boucles d'oreilles s'agitèrent.

— J'aurais pu t'admirer si tu n'avais pas été aussi stupide. Si tu avais voulu le garder en vie, tu n'aurais jamais dû lui parler de moi.

— Je ne te laisserai pas le tuer.

Melly se tint devant Theo, comme si elle pouvait être son bouclier.

Elle pensait vraiment pouvoir le protéger. Elle était loin de se douter qu'il n'était pas venu sans s'être préparé.

— Personne ne mourra aujourd'hui, déclara-t-il avec assurance. Tant que personne ne résiste à l'arrestation.

Ses paroles provoquèrent un silence autour d'eux.

Puis Marney éclata de rire.

— Toi ? Tu vas nous arrêter ? Avec quelle armée ?

Sa montre vibra. C'était le signal. Il se tint un peu plus droit.

— Votre attention s'il vous plaît, citoyens souterrains. Je suis l'agent spécial Theodore Loomer et je me dois de vous informer que vous êtes officiellement en état d'arrestation pour terrorisme intérieur y compris, mais sans s'y limiter, la vente et l'approvisionnement d'armes illégales et la fraude fiscale. Mettez-vous à genoux, les mains au-dessus de la tête et veuillez coopérer si vous souhaitez négocier votre peine.

En vérité, Theo n'avait pas participé à beaucoup de gros raids. À vrai dire, c'était son premier, mais il ne s'attendait pas à ce qui suivit.

Des rires.

Tellement d'éclats de rire.

Pire encore, les renforts attendus n'affluèrent pas.

Il prit un risque et retourna sa montre pour lire ce qu'il y avait sur l'écran. Un message disait : *Presque là.*

Quelle bande d'incapables, ils n'étaient même pas foutus de respecter un horaire. Le problème, c'était qu'il était tout seul, entouré d'armes et de personnes qui paraissaient de plus en plus animales. Le visage de Marney avait-il toujours eu ce côté reptilien ?

Il jeta un coup d'œil vers Melly, regrettant de ne pas l'avoir laissée en haut pendant qu'il s'occupait de la situation ici.

— Je suis désolée pour ce que tu es sur le point de voir.

— Tu es désolé ? s'étrangla-t-elle presque, probablement de peur. Espèce d'imbécile, ils vont te réduire en miettes !

Comme beaucoup de gens, elle croyait que le costume et les lunettes faisaient de lui un homme inoffensif. Il allait lui montrer que non. Il leur montrerait tous. Avec un peu de chance, assez longtemps pour que les renforts arrivent.

— Mets-toi derrière moi. Je gère.

Il enleva sa veste et remonta les manches, ce qui ne fit qu'accentuer les rires.

— J'aurais dû t'assommer à nouveau, marmonna Melly. Marney. Discutons.

— C'est là que tu rampes et que tu t'excuses ? Que tu me lèches le cul, peut-être ?

Marney se leva et tira sur sa robe, la remontant jusqu'aux genoux.

— En fait, dit Melly, j'allais te demander si tu préférais mourir doucement ou rapidement. Personnellement, j'aime bien la lenteur. Ça donne un effet longue durée, mais comme nous sommes collaborateurs depuis longtemps, je pourrais me laisser convaincre de faire vite.

Le courage dans la voix de Melly l'impressionna. Mais qu'espérait-elle faire contre ces voyous ?

— Quand je dis : « C'est parti », va te cacher derrière quelque chose.

Sa montre vibra à nouveau : 30 *secondes*.

C'était totalement faisable, tant que personne ne lui tirait dessus en premier. Il fallait qu'il tienne encore un peu.

— Je ne suis pas sûr que vous m'ayez bien entendu. Je répète, je suis l'agent spécial Theodore Loomer et je fais partie de la branche d'investigation criminelle de l'IRS, en collaboration avec l'ATF. Posez vos armes et préparez-vous à être arrêtés.

Il faisait les choses dans les règles.

Évidemment, les criminels ne l'écoutèrent pas.

— Tuez-le ! répondirent-ils.

— Idiot ! s'exclama Melly.

Alors que les armes se rapprochaient, il se mit à réfléchir. Les secours seraient là d'ici quelques secondes. Comme il doutait qu'ils tirent sur le leader, il fit la seule chose qu'il pouvait faire. Il plongea vers le trône et attrapa les chevilles de Marney. Il tira aussi fort que possible. Marney fut surpris-e alors que Theodore traînait son corps par terre et ils tombèrent tous les deux au sol.

Marney se releva en grognant. La robe se tendit au niveau des coutures et les cordes du corset craquèrent une à une.

Theodore lui donna un coup de poing, frappant Marney au menton. Sa tête rebondit. Avant même que Marney ne puisse s'en remettre, Theodore plongea et enroula ses bras autour de son torse, ramenant Marney au sol. Il eut du mal à raffermir sa prise, car la peau sous ses doigts semblait onduler bizarrement. Marney laissa échapper un sifflement sec alors qu'iel se débattait. Roulant sur le sol et se heurtant à une paire de jambes il entendit :

— Je ne peux pas tirer ! Il est dans le passage ! hurla quelqu'un.

Exactement comme il l'avait prévu. Des cris résonnaient, certains assez stridents accompagnés d'étranges grognements. Il aurait pu jurer avoir vu Melly bondir au-dessus de lui à un moment donné, les mains étendues comme si elle avait des griffes, le dessus tout poilu – c'était probablement un effet d'optique. Tous comme les rouflaquettes et les yeux brillants.

Il lutta avec Marney qui était anormalement fort-e et qui finit par coincer Theodore sous iel. Theodore commença à s'inquiéter alors que Marney se penchait par-dessus lui. Puis, il fut soulagé lorsqu'une voix familière cria :

— ATF ! Vous êtes tous en état d'arrestation.

Mettez-vous à genoux, les mains sur la tête et ne bougez plus !

Le grognement de Marney fut soudain perplexe, puis agacé alors que Theodore souriait.

— Je vous avais dit de ne pas résister à l'arrestation.

Il se releva alors que Maverick arrivait en uniforme équipé de la tête aux pieds, désignant le corps frémissant au sol.

— Arrêtez cette personne pour trafic d'armes, tentative de meurtre et fraude fiscale.

Maverick rayonnait.

— Bon sang, Loomer. Vous avez réussi à démanteler le groupe d'armes illégales. Bon boulot.

— Je n'aurais pas pu le faire sans mon informatrice, admit-il.

Une femme qui hurlait :

— Ne me touche pas, humain !

Il se retourna et vit Melly qui prenait un air renfrogné alors que deux agents armés s'approchaient avec des menottes.

— Ne l'arrêtez pas ! hurla-t-il. Elle est avec moi.

— C'est une première, marmonna quelqu'un dans son dos.

Il jeta un regard noir à l'agent, qui eut au moins la décence de prendre un air penaud. Mais il avait raison. Normalement, une femme comme Melly n'aurait jamais été attirée par un type comme lui, et pas seulement parce qu'ils étaient très différents.

Alors qu'elle marchait vers Theo, elle le regarda

d'un air suspicieux. Plissant les yeux, elle l'examina. Le jugeant et le trouvant probablement décevant.

— Tu n'es pas un gars du fisc.

— Si, j'ai simplement un poste plus important que ce que j'ai pu laisser paraître.

— Ce qui veut dire ?

— Je suis un enquêteur criminel chargé de trouver des preuves de fraude, qui ne se limite pas qu'à l'évasion fiscale, bien que ce soit ma spécialité.

— Donc tu es l'un des gros bonnets du bureau ? dit-elle, bouche bée. Tu t'es servi de moi !

Effectivement, et quand elle n'avait été qu'un nom sur le papier, il n'en avait rien eu à faire. Mais désormais, il se sentait coupable.

— Je suis désolé. Je ne pouvais pas te dire ce que j'avais prévu.

— J'imagine que non.

À sa grande surprise, elle se mit à rire, bruyamment.

— Eh ben, je vais me faire passer un sacré savon par le patron. Sans oublier que tu es toujours en vie.

Elle tourna la tête vers lui puis vers les agents qui rassemblaient ceux qui n'avaient pas réussi à fuir quand le raid avait eu lieu.

— Comment as-tu fait pour les guider jusqu'à Marney ? T'as un micro ?

— Oui. Avec un émetteur plus puissant que ceux disponibles pour le public.

Il tendit le poignet et secoua sa montre.

— Waouh, ça fait très James Bond. Et c'est sexy, dit-elle avant de secouer la tête. Ça ne change rien au fait que tu m'as menti.

— Toi aussi, rétorqua-t-il.

— Oui, sauf que toi tu t'es rapproché de moi pour pouvoir arrêter Marney. Ce qui veut dire que c'est fini entre nous, alors.

Elle fit la moue, comme si cette idée la chagrinait.

Il faillit lui dire la vérité, qu'elle et ses amies étaient sa mission principale, mais cela impliquait de trahir le gouvernement. Était-ce vraiment important étant donné qu'il avait déjà compromis ses valeurs morales en couchant avec elle ?

Sa propre déconfiture expliquait pourquoi il lâcha soudain :

— Ils n'ont plus besoin de moi ici. Ça te dit qu'on retourne chez moi pour prendre une douche ?

CHAPITRE DIX

Comme le fait de rester dans les parages pendant que les humains arrêtaient les métamorphes – chose à laquelle elle avait contribué – ne l'attirait pas plus que ça, Melly ne refusa pas la proposition de Theo. Un homme qui lui était plus étranger que ce qu'elle croyait.

Il avait réussi à la surprendre. Elle pensait l'avoir cerné et pourtant, il s'était avéré ne pas être ce qu'elle pensait. Premièrement, ce n'était pas un intello gratte-papier. C'était un agent super-secret. Trop sexy. En tout cas, c'était ainsi qu'elle le présenterait si ses connasses de copines osaient se moquer d'elle.

Cependant, elle allait avoir besoin d'un meilleur plan pour Arik. Il allait être furieux quand il réaliserait ce qui s'était passé. Elle était censée éliminer une menace. À la place, elle les avait exposés à une autre, plus importante, par inadvertance. Et si Marney et les autres parlaient ? Ou faisaient quelque chose de stupide, comme par exemple se transformer durant leur garde à vue ? Et s'ils montraient du doigt d'autres groupes de métamorphes afin de réduire leur peine de prison ?

Le trajet se fit en silence, probablement car il ne savait pas comment s'excuser d'avoir menti. Il aurait pu lui dire qu'il avait appelé le SWAT[1]. Ou au moins, lui offrir un gilet pare-balles.

Mais il fut assez intelligent pour s'excuser alors qu'ils se garaient dans son garage.

— Je suis désolé de ne pas avoir pu te le dire.

— C'est pas grave.

Car elle aussi avait ses propres secrets.

— Mais ça va te coûter cher, continua-t-elle.

— Combien ? demanda-t-il.

— Ta langue sera très douloureuse une fois que tu auras fini de t'excuser.

Pendant un instant, il parut décontenancé, puis sourit.

— Je ferai de mon mieux.

Dès l'instant où ils entrèrent chez lui, il l'attira dans ses bras pour l'embrasser.

Au fond, elle savait qu'il cherchait à la distraire. À lui faire oublier ce qu'il avait fait. Mais même si elle n'oubliait pas, cela ne l'empêcha pas de s'abandonner à la passion. Elle l'embrassa comme si elle allait le dévorer tout cru. Il lui rendit son baiser tout aussi intensément.

Il n'y avait aucune hésitation, aucune timidité. Il savait ce qu'il voulait et il le prenait. Cette fois-ci, ce fut elle qui heurta le mur. Son corps s'appuya lourdement sur le sien, ce qui lui plut beaucoup. Elle adora ça, même. Elle mouilla un peu lorsqu'il perdit patience avec son pantalon et tira violemment sur la dentelle. Une dentelle qui avait survécu à sa demi-transformation dans les égouts et était désormais déchirée, mais quand même, c'était sexy de le voir si frénétique.

Il ne lui fallut pas beaucoup de temps après avoir enlevé son pantalon pour la dénuder. Cette fois-ci, elle n'eut pas besoin de lui grimper dessus puisqu'il la prit par la taille et la souleva. Il s'enfonça en elle dès l'instant où son sexe trouva son entre-jambes humide.

Il la pénétra avec force. Et elle adora ça. Elle adora chaque caresse qui la martelait. La façon dont il la revendiquait, intense et puissante. Un grognement sourd lui échappa progressivement. Un grondement qui n'était pas celui d'une bête et qui pourtant convenait parfaitement.

Qu'est-ce qu'il avait de si particulier ? Pourquoi le désirait-elle autant ?

Après avoir couché ensemble, comme il était un vrai gentleman, il lui prépara à manger. De grosses quantités. Des pancakes, du bacon, des saucisses, des fruits, de la crème fouettée et du vrai sirop d'érable. De l'or liquide. Elle était encore en colère contre Arik qui les avait empêchées, elle et ses copines, d'en faire de la contrebande. Elle avait même trouvé des graphiques qui prouvaient à quel point le vrai sirop d'érable était rare et combien il valait sur le marché des sucreries. Arik n'avait surtout pas approuvé leur plan qui consistait à brûler des arbres au Canada pour s'assurer que les quelques entreprises américaines qui cultivaient des érables qui produisaient de la sève, quadruplent leur valeur. Dommage, car elle avait même acheté des actions.

Ils baisèrent à nouveau sur le comptoir de la cuisine. Et le sirop d'érable fut également impliqué. Ils se débarrassèrent de la texture collante en prenant une douche chaude lorsqu'ils eurent terminé. En sortant, le petit matin approchait, alors ils allèrent se coucher.

Il s'écroula, la serrant dans ses bras. Typique des hommes. C'était le truc le plus étrange au monde. Mais aussi agréable. Elle n'avait jamais aimé que les corps s'entassent lorsqu'il était temps d'aller dormir. Elle aimait avoir son espace, notamment quand elle dormait sur un oreiller en profitant du soleil.

Mais le fait d'être blottie dans les bras de Theo lui rappelait les bains de soleil. Chauds et confortables. Elle n'avait pas envie de partir. Pourtant il le fallait.

Elle dut se dégager de manière sournoise pour échapper à son étreinte. Elle ne s'arrêta pas pour prendre des vêtements, mais sortit discrètement de sa chambre pour se positionner à côté de la porte de la chambre voisine. Celle qu'elle n'avait pas encore vue. Que cachait-il là-dedans ? Elle regrettait de ne pas l'avoir explorée avant. Elle aurait alors peut-être découvert son plan plus tôt.

Elle aurait quand même couché avec lui, c'est juste qu'elle détestait être dans le flou. Une vraie hackeuse devait toujours avoir une longueur d'avance.

La porte était verrouillée et refusait de s'ouvrir, même si elle tirait et secouait la poignée, le pied appuyé contre celle-ci alors qu'elle essayait de la faire céder.

— Tu cherches quelque chose ?

Elle sursauta. Si haut qu'elle aurait pu toucher le plafond et s'y accrocher avec ses griffes. Mais au lieu de ça, elle atterrit sur ses pieds et essaya d'avoir l'air décontractée tout en étant nue.

— Salut, Poindexter.

Ce n'était pas vraiment un surnom approprié là tout de suite puisqu'il n'avait pas ses lunettes et ne portait qu'un caleçon. Le reste de son corps était dénudé. Miam.

Il croisa les bras, la distrayant encore plus.

— Tu peux m'expliquer pourquoi tu essaies d'entrer dans mon bureau par effraction ?

— Ah, c'est donc ça ? demanda-t-elle. Pour autant que je sache, c'est un abattoir dans lequel tu découpes tes victimes.

— Je ne vais même pas prendre la peine de répondre à ta question.

— Très bien, alors réponds plutôt à celle-ci : pourquoi est-ce que tu verrouilles ton bureau si tu vis seul ?

— À cause des invités nocturnes un peu trop curieux.

Au lieu de le nier, elle agita son doigt dans sa direction.

— J'ai le droit d'être curieuse. Tu m'as caché des choses.

— C'est vrai. J'ai le droit d'avoir des secrets, comme tu as le droit d'en avoir.

— Je n'ai pas de secrets.

Il haussa un sourcil.

— Je suis surpris que ton nez n'ait pas grossi face à ce mensonge éhonté.

— Qu'est-ce que c'est censé vouloir dire ? Pourquoi est-ce que mon nez grossirait ? demanda-t-elle en le touchant.

— Je faisais référence à Pinocchio. La marionnette qui prend vie.

Elle garda un visage impassible pour se moquer de lui.

— Qui ?

— Laisse tomber. C'est juste un classique de la littérature enfantine.

— Ma mère me lisait des magazines de mode quand j'étais petite. Et toi, tu essaies de changer de sujet. Je veux voir l'intérieur, dit-elle en levant son doigt d'un air menaçant.

— Pourquoi as-tu besoin de voir mon bureau ?

Il s'appuya contre le mur et laissa retomber ses

bras, dévoilant un torse plus musclé qu'un geek n'en avait le droit. C'était tentant. Très, très tentant.

Elle se focalisa sur lui et non sur cette tension permanente entre ses cuisses.

— Parce que tu m'en dois une. Je veux savoir qui tu es.

— Je croyais qu'on avait fini les présentations.

— Ah oui ? Parce que c'est impossible que tu sois si clean. Mes recherches sur toi n'ont rien donné.

— Et qui ordonne que l'on enquête sur moi ?

Comme si elle allait lui expliquer qu'elle était la hackeuse attitrée du clan. Le premier jour où ils s'étaient rencontrés, elle avait cherché des informations sur lui dans sa base de données et n'avait rien trouvé d'intéressant. Pouvait-il vraiment être si propre sur lui ?

— Le clan enquête toujours sur les étrangers. Des enquêtes approfondies. Il n'y a rien sur toi.

— Ce qui est une bonne chose.

— Personne n'est aussi parfait.

Il sourit.

— Je suis censé m'excuser ?

— Qui es-tu vraiment ? Parce que l'IRS n'a pas de section avec des durs à cuire.

Il haussa les sourcils.

— Non, mais nous avons accès à d'autres agences gouvernementales. Quoi qu'il en soit, malgré ce que tu as vu durant le raid, je suis employé par l'IRS. Le badge est réel.

Elle agita la main.

— Très bien, peut-être que tu travailles vraiment pour eux. Mais tu es aussi plus que ça. J'ai vu ce que tu as fait la nuit dernière.

— Mon travail ?

— Tu as botté pas mal de fesses.

— Je n'ai lutté que contre une personne, et pas très bien d'ailleurs. Je me suis à peine accroché à Marney.

— Ce qui est déjà plus que ce que les gens arrivent à faire d'habitude.

Elle pinça les lèvres et lui posa enfin la question qui l'inquiétait le plus.

— Est-ce que tu as d'autres secrets ?

Elle avait vraiment envie de l'entendre dire que c'était tout. Qu'il n'avait plus rien à cacher.

Au lieu de ça, il baissa la tête.

— Le raid pour arrêter le dealer d'armes, bien que ç'ait été un bonus, n'était pas la seule raison pour laquelle je vous ai rencontrées, toi et certaines de tes amies.

La culpabilité le fit rougir.

— Tu veux dire qu'il y a autre chose ?

Son rythme cardiaque s'accéléra. Il ne connaissait quand même pas son secret, si ? Il fallait qu'elle soit sûre.

— Vu ton intérêt pour moi et ma famille, j'imagine que tu penses que le Groupe du Clan cache quelque chose.

— En fait, nous savons que vous enfreignez la loi, répondit-il.

Il saisit la poignée de la porte fermée. Il y eut un *clic*.

— Comment l'as-tu déverrouillée ?

— Grâce à la biométrie, expliqua-t-il en ouvrant la porte.

Elle clignait encore des yeux de surprise face à cette technologie qui était rarement utilisée quand elle vit ce qu'il cachait dans la pièce.

— Oh non, marmonna-t-elle.

Elle entra et regarda autour d'elle, observant les équipements informatiques, les photos accrochées au mur. Des images d'elle, mais aussi de sa famille, de ses amis et de plusieurs lions.

Avec un rire nerveux, elle pointa un doigt dans leur direction.

— Je croyais que tu étais allergique aux félins.

— Je le suis. Ces géants que vous cachez ici expliquent probablement mes problèmes de sinus à chaque fois que je viens dans cette foutue résidence. Depuis combien de temps est-ce que ton patron vend des animaux exotiques ? Où les trouve-t-il ? À qui les vend-il ?

Elle faillit s'étouffer face à une telle erreur de jugement.

— Tu as cru qu'il les vendait sur le marché noir ?

— Qu'il les vende, les échange, peu importe. C'est

illégal et c'est manifestement comme ça qu'il finance ses opérations.

Le soulagement qu'elle éprouva la fit éclater de rire, mais pas longtemps. La réalité la frappa.

— Tu nous espionnes depuis le début.

Il ne les espionnait pas seulement électroniquement, mais avec des caméras et en prenant des notes.

C'était grave.

— J'ai été chargé d'enquêter sur l'origine de la richesse des Entreprises du Clan.

— Donc cette histoire sur le fait d'enquêter sur moi à cause des impôts pour ensuite me proposer un marché...

— Était une ruse pour essayer de te faire parler sur les éventuelles sources de revenus du Clan. Même si, quand tu m'as parlé des armes, j'ai été détourné du sujet.

— C'était un bonus pour toi, marmonna-t-elle.

— Je faisais juste mon travail.

— On ne fait rien d'illégal.

— Tout ça dit le contraire, lâcha-t-il en pointant du doigt la lionne à la fourrure noire qui prenait un bain de soleil sur le toit de la résidence sur l'une des photos.

Melly n'était pas d'humeur à bronzer à l'intérieur ce jour-là. Les fenêtres vitrées n'étaient pas aussi agréables que la lumière directe du soleil.

Arik allait être furieux.

— Crois-moi quand je te dis qu'il vaut mieux que tu ne parles de ça à personne, déclara-t-elle.

— C'est trop tard. Et si je peux me permettre un jeu de mots, vous êtes loin d'avoir montré patte blanche. Cependant, si tu veux témoigner contre ton patron, je pourrais peut-être t'obtenir une réduction de peine.

— Tu serais prêt à me dénoncer ?

— Je n'en ai pas envie.

Effectivement, il paraissait assez torturé, mais il était têtu.

— Mais je ne peux pas te protéger si tu refuses de m'aider, continua-t-il.

— Oh, Theo.

Elle soupira, s'approchant de lui. Elle leva les yeux vers son amant.

Il était si doux et gentil. Cela lui fit plus de mal qu'à lui de le frapper assez fort pour le mettre KO.

---

1. Acronyme de Special Weapons And Tactics, qui est un type d'unités d'intervention de police aux États-Unis

CHAPITRE ONZE

— Tu as fait quoi ?! beugla Arik.

Melly frotta le bout de sa basket contre la moquette et ne parvint pas à croiser son regard.

— Je ne savais pas quoi faire d'autre. Il allait nous arrêter pour commerce illégal d'animaux.

— Avec seulement quelques photos comme preuve ? Mes avocats auraient pu démolir son enquête. Mais au lieu de ça, tu as assommé le gars et l'as ramené jusqu'ici, dit Arik en pointant Theo du doigt, les mains liées et la tête recouverte d'une cagoule, doucement posé sur le canapé du bureau d'Arik.

Comme ça les avait fait rire quand elle était arrivée en tirant le corps de Theo du coffre. Ces foutues connasses étaient restées là à rigoler au lieu de l'aider. Lâchant des commentaires du style : « Melly est tellement désespérée qu'elle est obligée de le kidnapper. »

— J'ai paniqué, avoua-t-elle.

— Et maintenant, il faut que tu résolves ce problème.

— C'est-à-dire ? demanda-t-elle.

— Fais en sorte que ça ait l'air d'un accident, dit Arik d'un ton sévère.

— Quoi ? couina-t-elle.

— Un incendie devrait faire l'affaire.

— Il est hors de question que je le tue.

Elle n'en était pas capable.

— Évidemment. Vu la situation, la dernière chose dont on a envie, c'est d'attirer encore plus l'attention. Il faut donc que nous soyons plus subtiles.

Arik observa Theo.

— Comment un incendie peut-il être subtil ?

— Parce que la cause peut-être aussi simple qu'une casserole sur la cuisinière qui s'enflamme. Ou une cigarette qui est tombée sur le canapé.

— Il ne fume pas.

Il agita la main.

— Peu importe la façon dont c'est fait tant que son appartement est totalement détruit. On pourra effacer toute trace électronique, mais il faut que tout ce qu'il a imprimé disparaisse.

— Et son bureau ? Tu ne crois pas qu'ils auront aussi des copies là-bas ?

— Pas pour longtemps, déclara Arik d'un ton sinistre.

— Et une fois que l'on aura brûlé son appartement, que devient Theo ?

— Je demanderai à mes hackers d'imaginer une disgrâce adéquate pour qu'il reste occupé. Peut-être de l'espionnage industriel pour qu'il purge une peine dans une institution pour cols blancs.

— Tu ne peux pas faire ça. Il n'a rien fait de mal.

Il faisait juste son travail.

— Il n'en avait peut-être pas l'intention, pourtant il est un danger pour nous tous. Garde en tête que si nous ne pouvons pas le neutraliser de manière humaine, nous devrons recourir à des méthodes plus permanentes.

— Je ne veux pas qu'il meure, avoua-t-elle, baissant la tête d'un air penaud.

Arik prit un ton plus doux.

— Et maintenant que je le sais, j'essaie de faire en sorte qu'il ne finisse pas enterré dans les bois. Tu aurais vraiment dû en parler avant cette débâcle avec Marney.

Elle fronça le nez.

— Désolée.

— Ne le sois pas. Nous avons tous les deux fait des erreurs. J'aurais pu intervenir pour le raid quand nous avons appris la nouvelle, mais je n'ai rien fait.

Elle resta bouche bée.

— Tu savais que les gars du SWAT allaient venir ?

— Presque. Je n'ai pas eu le temps de les en empêcher, mais j'ai réussi à libérer les personnes arrêtées.

— Ils se sont déjà échappés ?

— Oui, avec un peu d'aide. Maintenant, ce sont

Marney et compagnie qui me doivent une faveur, dit-il en souriant.

— C'est rusé.

— Je sais.

Elle soupira.

— Je me sens comme une idiote. Je n'ai jamais soupçonné qu'il se jouait de moi. On pourrait pourtant penser que je n'aurais eu aucun mal à ordonner qu'on lui coupe la tête.

Elle avait éviscéré des gens pour moins que ça.

— Tu as fini par t'attacher à cet humain. Ça arrive. Je sais de quoi je parle puisque j'en ai épousé une. Mais n'oublie pas que la sécurité du clan et plus importante que quiconque.

Elle le savait et n'avait jamais rechigné à éliminer certaines menaces par le passé. Mais ces gens-là n'étaient pas Theo.

— Je ferai mieux la prochaine fois.

— Je le sais. Compte tenu de tout ce qui s'est passé, je pense qu'il est temps que nous quittions la ville pour une virée à la campagne anticipée. C'est plus tôt que prévu, mais bon. Le temps que ça se tasse.

— Je vous rejoindrai une fois que je me serais occupée de Theo.

Elle jeta un coup d'œil dans sa direction. Il était toujours inconscient sur le canapé.

— En parlant de ça, utilise ce truc.

Arik fouilla dans un tiroir et en sortit une boîte en plastique.

— Qu'est-ce que c'est ?

Il l'ouvrit, dévoilant plusieurs fioles et une seringue qui se trouvaient à l'intérieur.

— Nous avons testé un sérum dans le laboratoire. Pour le moment, il est expérimental, mais il semble fonctionner.

— À quoi sert-il ?

— Il brouille les souvenirs à court terme. De quelques jours à une semaine. Assez pour qu'il oublie être venu ici, voire même être allé dans les égouts.

— Il n'était pas le seul sur place. Tu comptes l'administrer à tous les agents ?

Il secoua la tête.

— Pas besoin. À l'heure qu'il est, ils ont été hospitalisés pour empoisonnement au gaz d'égout, un des effets secondaires étant les hallucinations.

— Et ceux qui ont été capturés ?

La plupart d'entre eux n'avaient pas l'air humains.

— Bizarrement, leurs photos ont disparu après leur fuite et puis, de nos jours, on peut tout faire avec la chirurgie esthétique, n'est-ce pas ?

Le patron avait pensé à tout. Elle lui prit la mallette contenant le sérum des mains.

— Tu es sûr que Theo ne se souviendra de rien ? demanda-t-elle.

— Même si c'est le cas, ce sera flou et plein de trous noirs.

Une situation parfaite. Il ne saurait plus discerner

le vrai du faux et personne ne le croirait. Il ne se souviendrait probablement pas de l'avoir rencontrée.

C'était mieux ainsi.

Mais cela l'attristait quand même, notamment lorsqu'elle lui retira la cagoule et vit qu'il était réveillé et la regardait.

— Ne le fais pas, dit-il. Je peux t'aider.

— Tu m'aideras si tu oublies.

Sinon elle allait devoir le pourchasser et s'occuper de lui.

— Je n'ai pas envie de t'oublier, lâcha-t-il.

Elle sut qu'il était sincère en voyant qu'il rougissait.

— Je n'ai pas le choix. Tu pourrais tout gâcher.

— Laisse-moi te protéger.

Il ne comprenait toujours pas que l'aiguille qu'elle plantait dans son bras servait surtout à le protéger lui.

— Je suis désolée.

Elle l'embrassa alors que l'aiguille traversait sa peau et déversait son liquide secret. Elle l'embrassa et sentit même des larmes. Elle, cette connasse dure à cuire, pleurait pour un humain.

Il grogna contre sa bouche et se crispa, l'embrassant, tout en étant en colère. Il lui mordit la lèvre inférieure, assez fort pour la faire saigner et murmura :

— Ce n'est pas terminé.

Sauf que si, ça l'était.

Il s'effondra à nouveau avec stupeur et elle se frotta la lèvre.

La marque qu'il avait laissée était à peine perceptible et pourtant...

Il n'est pas trop tard pour le revendiquer.

Si... Elle lui avait déjà injecté le produit. Il ne se souviendrait pas d'elle à son réveil.

Elle renifla à nouveau. Merde, peut-être qu'il lui avait refilé ses allergies.

Avec l'aide de Luna, qui pour une fois était silencieuse, elle parvint à hisser Theo dans sa voiture. Alors qu'ils approchaient de son duplex, elle vit les gyrophares. Assez rapidement, même avec les fenêtres fermées, elle sentit l'odeur de la fumée. Étant donné que tout le monde était déjà à un pâté de maisons de là, en train d'assister à la scène, elle sortit Theo de la voiture, l'appuyant contre un mur. Il ne s'était pas encore réveillé. Quand il le ferait, il serait perdu.

Elle déposa un léger baiser sur ses lèvres.

— Au revoir mon joli intello.

Tu vas me manquer.

Miaouuu. Snif.

CHAPITRE DOUZE

Sa tête lui faisait très mal. Foutue Melly qui l'avait à nouveau frappé. Sauf que ce n'était pas juste un coup sur la tête. Elle lui avait aussi injecté un...

Il faillit aller au bout de sa pensée jusqu'à ce que celle-ci disparaisse. Son esprit fut soudain vide.

Clignant des yeux, Theodore réalisa qu'il était dehors, assis sur le trottoir, et bien qu'il fasse nuit, des lumières illuminaient le ciel. Rouges, bleues et blanches. Des véhicules d'urgence. Tournant la tête, il vit les pompiers en haut de la rue qui luttaient contre un incendie dont les flammes léchaient les fenêtres du bâtiment.

J'habite ici.

Il habitait ici. D'après lui, ils ne sauveraient pas grand-chose. Il déglutit, sa langue était épaisse et lourde. Il toucha son crâne du bout des doigts et sentit une bosse. Que lui était-il arrivé ?

. . .

ELLE M'A FRAPPÉ.

Ensuite, elle m'a drogué.

Les pensées brumeuses mirent du temps à percuter. C'était comme s'il avait envie de tout oublier. Comme si son esprit lui cachait volontairement ses connaissances.

Hors de question.

Il s'efforça de se souvenir, repoussé par une barrière floue qui s'effondra, déversant ses souvenirs de leur première rencontre au raid dans les tunnels, leurs ébats amoureux et leur confrontation dans son bureau concernant le trafic d'animal sauvage. Elle l'avait frappé et ensuite... ? Le souvenir des voix refusait de faire sens. Il se souvenait vaguement qu'elle l'avait embrassé et s'était excusée avant de lui planter une aiguille dans le bras. Elle avait été bien occupée visiblement, vu l'incendie. Elle voulait se débarrasser des preuves, mais elle ne l'avait pas tué. Au moins, elle avait eu un minimum de respect à son égard. Elle lui avait montré que ce qu'ils avaient partagé avait quand même eu un peu d'importance.

Mais en même temps, à quoi s'attendait-il ? Il lui avait menti. Il l'avait induite en erreur afin d'accomplir sa tâche. Il s'était investi comme pour toutes ses autres tâches, sauf que Melly était bien plus qu'une simple mission à ses yeux.

Elle comptait pour lui. Même si elle n'y croirait

probablement pas aujourd'hui. Elle devait le détester. Cette idée le contrariait car lui ne la détestait clairement pas. Elle avait réussi à faire ressortir l'homme aventureux qui se cachait en lui. Avec ses habitudes négligées, elle lui avait donné un moyen de se rendre utile. Avec ses doux gémissements, elle l'avait fait se sentir comme le plus viril des hommes.

Et il allait la laisser s'enfuir ?

Jetant un coup d'œil à l'immeuble en feu, il se leva et marcha dans la direction opposée, vers la résidence. Le problème, c'est que lorsqu'il arriva là-bas, personne ne voulut le laisser entrer.

La voix à l'autre bout de l'interphone le rejeta.

— Désolé, M. Loomer, mais vous n'êtes pas sur la liste des invités autorisés.

— Appelez Melly. Dites-lui que c'est Theodore. Theo. Elle me laissera entrer.

— Melly n'est pas ici. Hum, je veux dire, nous ne pouvons ni confirmer ni nier sa présence dans l'établissement.

La phrase préétablie parut récitée.

— C'est des conneries !

Le juron lui échappa des lèvres alors que sa frustration s'accentuait. Elle ne pouvait quand même pas... Quoi ? N'en avoir rien à faire de sa présence ? Elle ne voulait même pas le laisser s'expliquer ? Il n'aurait jamais laissé personne lui faire du mal.

Quand ses tentatives d'intrusion échouèrent, il appela finalement le bureau, ce qui s'avéra assez frustrant étant donné qu'il avait perdu son téléphone. Ou bien Melly le lui avait pris.

Peu importe. Il en acheta un avec le portefeuille qu'elle l'avait autorisé à garder. Il lui fallut donner plusieurs codes et être transféré quelques fois avant que Maverick ne réponde.

— Loomer ! Où êtes-vous ? Certaines personnes souhaitent vous parler de l'affaire du Rouge À Lèvres Grenade.

— Le quoi ?

— Le réseau que vous nous avez aidés à démanteler, nous essayons d'y mettre fin depuis des années. Nous n'arrêtions pas de trouver des preuves de l'existence des armes, mais pas d'indice sur leur origine. Dommage qu'ils se soient enfuis.

— Quoi ?

— Il y a eu une évasion massive comme on n'en a jamais vu. Ils se sont tous enfuis, y compris le leader, Marney, mais peu importe. Nous avons désormais des noms et des visages. On ne mettra pas longtemps à les retrouver.

— Concernant l'autre affaire, monsieur...

— Ne me dites pas que vous êtes toujours sur cette histoire de Groupe du Clan. Vous n'avez pas reçu mon message ?

— Quel message ?

— Celui qui vous demande de laisser tomber. Nous ne sommes plus intéressés par le Groupe du Clan.

— Mais les preuves...

— Démontrent que les déclarations d'impôts incorrectes ont été traitées. Les déclarations ont été modifiées, l'argent remboursé, et les amendes payées.

Theodore ferma les yeux et s'appuya contre la façade en briques.

— Il n'y avait pas que les déclarations d'impôts. Qu'en est-il des lions ?

— Ce n'était pas de vrais lions. Il s'avère qu'il y a de sacrés tordus qui vivent dans cette résidence. Ils faisaient partie d'une sorte de culte sexuel bizarre qui aime se déguiser en animaux sauvages.

— Comment l'avez-vous découvert ?

— Plutôt par accident. On a reçu un appel nous informant qu'il y avait une meute de lions en liberté. Les flics sont allés voir, mais il s'agissait en fait d'une bande de résidents habillés de fourrure. Assez ivres d'ailleurs.

Ce qui expliquait les images mais pas la réaction de Melly. À moins que... elle ne soit gênée car elle en faisait partie.

Même s'il était le premier à admettre qu'il ne comprenait pas l'intérêt de se faire passer pour un lion, si cela lui laissait une chance avec Melly, une femme qui faisait fondre L'Homme de Glace, alors...

— Écoutez, patron, j'imagine que je ne peux pas prendre quelques jours de congés ?

— Quelques jours ? Mais prenez une semaine ! Vous avez bien travaillé, Loomer. Nous aurons plus de travail pour vous maintenant que vous nous avez prouvé que vous pouvez gérer les grosses affaires.

— C'est vrai, monsieur ?

Il était surpris et heureux.

— J'imagine qu'à l'avenir nous pourrons bien plus vous solliciter.

Ce qui voulait dire que les agents myopes avaient eux aussi un rôle à remplir. Il fut un temps où c'était la chose qu'il désirait entendre le plus au monde, mais désormais, il avait surtout envie d'entendre une femme lui dire qu'elle lui donnait une seconde chance. La question était de savoir comment l'amener à l'écouter.

Comme personne ne voulait le laisser entrer par le portail et que Melly ne répondait pas au téléphone – il tombait sur une boîte vocale qui rugissait pendant un moment avant de biper – il s'infiltra dans l'enceinte de la propriété.

Ce n'était ni rationnel ni malin. C'était la chose la plus folle qu'il ait jamais faite, pourtant, ça ne l'arrêta pas. Il s'habilla tout en noir et se couvrit même le visage. Il grimpa par-dessus le mur entre les caméras, ce qui n'était pas évident. Leur sécurité était presque sans failles à l'exception d'un endroit où ils avaient laissé pousser un arbre au-dessus du mur, créant ainsi un petit espace où quelqu'un passant par-dessus ne pouvait pas être vu.

Il laissa retomber la caisse qu'il avait pensé à prendre avec lui et en sautant dessus, il parvint à atteindre le rebord du mur. Il ne grogna qu'une fois arrivé au sommet. Les branches bruissèrent à peine quand il retomba dans le jardin. Il traversa rapidement le terrain, faisant de son mieux pour n'être qu'une ombre parmi les autres. Il fut assez fier de sa discrétion. Tout resta silencieux. Pas d'alarme. Il avait réussi à s'infiltrer sans être détecté.

— NON MAIS REGARDEZ-MOI CET IMBÉCILE. Il ne pourrait pas être plus bruyant, déclara tante Marissa en faisant claquer sa langue.

— J'ai un peu envie de crier « Bouhh ! » dit Joan.

Marissa, qui observait les singeries amusantes de l'humain, comprit son envie.

— On ne peut pas. Arik nous a demandé de ne pas agir bizarrement. Il faut que l'on ait l'air normal.

Joan ricana.

— Normales ? C'est peu probable. L'intello de Melly nous prend déjà pour des cinglés.

Des gens qui aiment se déguiser en animaux et faire semblant d'être eux, même pendant le sexe.

— Il vaut mieux être pris pour des cinglés que l'autre alternative.

On ne pouvait pas les attraper. Les enjeux étaient trop importants.

— C'est extrêmement embarrassant, marmonna Joan.

— J'imagine que ta petite copine a vu les images aux infos.

— Effectivement, et crois-moi qu'elle avait pas mal de questions à me poser, soupira Joan.

— Il a failli trébucher sur Gunther, remarqua Marissa.

La panthère noire était bien visible pour eux mais pas pour l'humain aveugle.

— Moi je dis, on sort la fourrure et on va lui dire bonjour.

Marissa secoua la tête.

— On ne peut pas attirer l'attention.

— Mais regarde-le. Il nous supplie presque de faire quelque chose de diabolique. Je parie que si je débarque en mode félin géant il va se faire pipi dessus, dit Joan presque avec espoir.

— Melly nous tuerait.

— Melly l'a largué quand elle a découvert qu'il mentait. Elle n'en aura rien à faire.

— N'en sois pas si sûre. Je crois qu'il se passe vraiment quelque chose entre eux.

Elle l'avait vu le jour où sa nièce avait débarqué pour venir le sauver. La lueur de convoitise dans ses yeux et son grognement plein de jalousie l'avaient alertée.

— Melly et un humain ? dit Joan qui semblait consternée. On ne lui souhaite pas ! Tu sais ce qui risque de se passer.

— Du divertissement bruyant et violent ? Ça me paraît tout à fait délicieux.

— Tu es si mauvaise ! s'exclama Joan. C'est ta nièce quand même.

— Effectivement, et je parie qu'elle gagnera.

Alors que l'humain approchait l'arrière de la résidence et de la porte de service dissimulée derrière un grand buisson, Marissa fit glisser sa montre et la déverrouilla.

Il se glissa à l'intérieur.

— Qu'est-ce que tu fais ? demanda Joan.

— Devine.

Elles échangèrent un regard. Sourirent. Et ce n'était pas le genre de sourire dont on voulait être l'instigateur.

— Je vais chercher le ruban adhésif, dit Joan.

— Pas le temps. Il faut qu'on arrive à son appartement avant lui.

EN ENTRANT par la porte de service non verrouillée à l'arrière de la résidence, il parvint à éviter les caméras et le gardien de nuit. Mieux encore, la cage d'escalier qui menait jusqu'à chez Melly était vide. Il avait vraiment de la chance ce soir. C'était un signe : il faisait ce qu'il fallait.

Mais la suite serait plus délicate. Une fois qu'il atteignit son appartement, il se retrouva face à une porte verrouillée. S'il toquait, elle aurait l'occasion de le renvoyer, si elle était là. Tout à l'heure, le garde lui avait dit qu'elle était partie.

Partie où ? Il n'y avait qu'un seul moyen de le savoir. Heureusement qu'il avait apporté de quoi crocheter la serrure.

Il posa le petit kit sur le sol et choisit ses outils, ignorant cette voix dans sa tête qui lui demandait ce qu'il fichait. Allait-il vraiment entrer par effraction ? N'était-ce pas du harcèlement ?

Soupirant, il rangea son kit, se leva et tendit le poing pour toquer. Avant même qu'il n'ait le temps de le faire, la porte s'ouvrit et il tressaillit, non pas face à Melly, mais devant deux femmes qui lui souriaient. Il n'en reconnut qu'une seule.

— Qu'est-ce que tu trafiques exactement ? lui demanda la blonde en tenue de sport, les cheveux coupés en un carré élégant et le ton sévère.

— Enfin, Joan, c'est évident. Il est ici pour voir sa douce Melly, roucoula Marissa, la tante de Melly.

— Hum, bonjour, madame Vandercoop.

— Appelle-moi Marissa.

Madame Vandercoop lui jeta un regard qui lui fit regretter de ne pas être plus couvert. Son clin d'œil n'aida pas.

— Est-ce que Melly est là ? demanda-t-il malgré son malaise.

— Non.

— Oh.

Il dut laisser transparaître sa déception, car Marissa chantonna :

— Je crois qu'il y en a un qui est en manque. Je peux t'aider si tu as besoin.

— Hum, non merci, dit-il en reculant.

La blonde athlétique regarda sa main.

— Qu'est-ce que t'as là ?

— Rien.

Alors même qu'il parlait, elle lui arracha des mains et siffla devant le contenu du portefeuille en cuir.

— Eh ben, c'est un sacré matériel de crochetage que tu as pris avec toi.

— Je ne comptais pas m'en servir.

— Alors, pourquoi l'avoir apporté ?

— Parce qu'au début, je voulais lui faire la surprise.

— C'est une excuse de violeur, ça, rétorqua-t-elle en plissant les yeux.

— Mais jamais de la vie ! s'insurgea-t-il.

— J'espère pas pour toi, sinon on t'éviscère et on mange ton cœur.

Bizarrement, son sourire plein de dents semblait indiquer qu'elle était sincère.

— Je veux juste lui parler. Que l'on s'explique sur un malentendu que nous avons eu.

— Tu veux dire celui où tu n'es pas seulement un agent du fisc mais aussi un super espion ? dit Marissa.

— Je ne suis pas un espion. Mais ma position me permet d'appeler des groupes de travail en renfort.

— Que tu as appelés après avoir espionné des gens

pour savoir s'ils trafiquent quelque chose ou pas, remarqua Joan. Appelons un chat un chat.

— Je n'ai jamais souhaité lui mentir. C'était déjà mon travail avant qu'on ne se rencontre, protesta-t-il.

— Je n'arrive pas à croire qu'elle soit tombée dans ton piège. Je ne savais pas qu'elle pouvait être aussi crédule, dit Joan en secouant la tête.

— Bon, Joan, ne te moque pas de ma nièce parce qu'elle a pensé avec sa foufoune. Nous aussi nous avons eu des ennuis quand nous avons laissé notre autre paire de lèvres prendre les décisions à notre place. Tu peux reconnaître qu'il est mignon, dit Marissa en lui tapotant la joue.

— Si tu aimes ce genre-là ouais. Je préfère quand mes partenaires n'ont pas un truc qui pendouille entre les jambes.

— Si je pouvais juste lui parler..., commença-t-il.

— Parler ? Ah ! C'est comme ça que tu dis ? ricana Joan.

— Je pense qu'on devrait laisser cet homme obtenir ce qu'il veut, déclara Marissa en faisant un pas vers lui.

— Je croyais que tu m'avais dit de ne pas prendre de ruban adhésif, dit Joan en jetant un regard agacé à Marissa.

— On n'en aura pas besoin puisqu'il va gentiment nous suivre, n'est-ce pas ?

Marissa plissa les yeux dans sa direction.

Il recula de quelques pas dans le couloir.

— Je reviendrai lui parler une autre fois.

— C'est maintenant ou jamais. Mais je te recommande de le faire maintenant, pendant qu'elle pense encore à toi avec affection. Si tu lui laisses le temps de réfléchir, je suis sûre qu'elle finira par te détester.

— Je n'ai jamais cherché à lui faire du mal.

— Faire du mal à Melly ?

Elles éclatèrent de rire.

— Chéri, c'est déjà surprenant que tu sois toujours en vie. D'habitude, Melly ne gère pas aussi bien les trahisons. Je me souviens encore de ce qu'elle a fait à Gary le tigre quand il lui a dit qu'il avait terminé la tarte aux pommes de tante Mary. Quand elle a découvert la part qu'il avait cachée dans le frigo, eh bien... disons qu'il s'évanouit encore à la vue d'une pomme mûre. Mais tu ne fais pas partie de la famille. Elle ne serait pas aussi gentille avec toi.

— Parce que c'est ce que fait le clan. On prend soin des nôtres, dit Joan en se positionnant à côté de lui.

— Melly n'est pas une meurtrière.

Mais il ne pouvait pas affirmer la même chose pour sa tante et son amie.

— C'est là que tu te trompes, chéri, dit Marissa d'une voix grave. Melly est une vraie chasseuse. Et si le clan lui donne une cible, elle traque toujours sa proie.

— Est-ce que tu es une proie ? demanda Joan en s'approchant plus près.

Il y avait quelque chose de menaçant dans leur regard et langage corporel. Il réalisa qu'il ferait mieux de s'en aller. Sauf que lorsqu'il se retourna pour soit prendre l'ascenseur ou les escaliers, il se retrouva encerclé par plusieurs femmes. Elles étaient arrivées en silence, la plupart d'entre elles avaient des cheveux couleur fauve. Leurs peaux avaient toutes des teintes différentes et leurs yeux brillaient d'une lueur dorée avec des touches de vert et de brun. Elles n'affichaient pas un air particulièrement hostile et pourtant, il sentit les poils de sa nuque se hérisser et sa peau le picoter.

Il se figea.

L'une d'elles, qui avait un piercing au nez et une queue de cheval hirsute, lui sourit.

— Alors c'est pour ce type que Melly se morfond.

— Il a l'air ennuyeux, dit l'une avec un gros ventre de femme enceinte.

— Peut-être qu'elle aime lui arracher son costume. Moi je sais que ça me plairait, dit une rousse au physique sculptural.

— On dit que les intellos travaillent dur avec leur langue.

Les commentaires fusaient, certains assez obscènes pour le faire rougir.

— Moi je trouve ça mignon qu'il soit venu la chercher, dit une petite femme.

— Peu importe ce qu'on pense. Moi je dis qu'on a qu'à lui donner ce qu'il veut, déclara madame Vandercoop. Quelqu'un est partant pour un kidnapping et un road trip ?

La fille au piercing brandit un rouleau de papier

adhésif, tandis que la fille enceinte agitait une taie d'oreiller.

Le problème avec la galanterie à l'ancienne, c'était qu'il ne pouvait pas frapper une femme, pas même une bande de filles qui avaient l'intention de le neutraliser pour le jeter à l'arrière d'un van. Mais pourquoi lutter alors qu'elles lui donnaient ce qu'il voulait ?

Elles l'emmenaient voir Melly.

CHAPITRE TREIZE

Melly se morfondait. Pas de façon ordinaire, non. Elle parlait d'un chagrin total, le genre qui la poussait à s'empiffrer en grimaçant.

Theo lui manquait. C'était stupide à vrai dire, car elle ne le connaissait que depuis quelques jours, mais être séparé de lui était physiquement désagréable. Elle avait juste envie de traîner au lit, de rester sous les couvertures en mangeant des chips, ignorant le tas de miettes qui s'accumulait dans son lit.

Pour une fois, la ferme – le ranch, quel que soit le nom que l'on donnait à cette maison immense et toutes ses extensions qui auraient pu rivaliser avec la Winchester Mystery House[1] en Californie – les nombreuses dépendances, forêt avec plein de gibier, l'étang avec ses carpes koï et ses grenouilles et la rivière avec les truites ne suffisaient pas à la distraire. Elle passait du canapé intérieur au canapé extérieur. Des branches d'arbres aux balançoires. Même le fait de jeter Kerry de la chaise à bascule sous le porche parce qu'elle voulait prendre sa place ne suffit pas à lui remonter le moral.

Son intello gratte-papier, musclé et féru de livres lui manquait. Elle n'allait plus jamais le revoir et c'était naze.

Miaou.

Pire encore, elle pleurait sa perte toute seule. À cause du sérum il ne se souviendrait même pas d'elle. Il ne saurait jamais que c'était grâce à elle que ses allergies s'étaient calmées. Cela n'avait pas été facile de lui glisser le médicament en douce, mais elle avait réussi à lui administrer une petite dose ici et là, car rien ne l'agaçait plus qu'un homme qui ne pouvait pas l'approcher.

Mais même s'il n'avait pas été sujet à des crises d'éternuements en présence de félins, ça n'aurait jamais marché entre eux. Cet homme n'aimait pas les animaux. Il était employé par un gouvernement qui adorerait mettre la main sur elle. Il n'avait pas un seul os flexible dans son corps – surtout celui entre ses jambes. Si long et dur et...

Elle serra les jambes et son humeur devint encore plus massacrante. Quand une connasse qui pensait pouvoir ouvrir sa bouche lui demanda :

— Est-ce que ça va ?

Melly la jeta dans l'étang.

Et quand le mari d'Aria protesta ? Elle l'y jeta aussi. Cela n'apaisa pas sa colère pour autant.

Puis sa tante apparut dans toute sa splendeur, portant un pantalon de costume qui moulait ses formes. Elle avait relevé ses cheveux en une sorte de chignon fantaisiste avec des bijoux qui pendaient. Elle était belle, surtout comparée à Melly avec son pantalon de jogging étiré et taché et son tee-shirt avec un petit garçon rondouillard et la citation « Si tu me touches, je te tue ».

Tatie ne tint pas compte de l'avertissement.

— Ah, voilà ma nièce préférée. Je te cherchais.

— Pourquoi est-ce que tu ne vas pas plutôt jouer au milieu de la circulation, grogna Melly.

— Je vois qu'il y en a une qui va avoir ses règles.

Effectivement, mais ce n'était pas la raison de sa mauvaise humeur. Elle prit un air renfrogné.

— Laisse-moi tranquille.

— Roh, où est l'amusement dans tout ça ?

— Si tu veux t'amuser, t'as qu'à aller séduire un jeune mari.

Une main aux ongles rouges – qui étaient d'ailleurs un vrai caprice puisque ceux-ci s'écaillaient à la moindre métamorphose – ébouriffa ses cheveux déjà hirsutes.

— J'ai prévu d'en séduire plus d'un, à vrai dire. J'ai entendu dire que la meute d'ours venait d'arriver et qu'ils étaient impatients de s'y mettre.

Ah oui, le match de football imminent. Il devait

avoir bientôt lieu, ce qui expliquait les camping-cars et les tentes qui avaient surgi de tous les côtés. Il y aurait du monde de partout les prochains jours. Trouver un endroit où dormir risquait d'être un sacré défi pour ceux qui ne s'étaient pas préparés ou n'étaient pas venus assez tôt.

Compte tenu de ses liens familiaux, Melly avait trouvé une place dans le grenier exigu aux plafonds inclinés. Personnellement, elle trouvait que c'était le meilleur endroit. Elle avait accès aux toits, avait sa propre salle de bains trois-pièces et un lit double qu'elle n'avait pas à partager. Et puis, il n'y avait pas non plus de tante agaçante.

— Je t'en prie, je ne voudrais pas te retenir d'aller briser des ménages, dit-elle en agitant la main.

— J'ai toujours du temps pour toi, chère nièce, dit-elle presque d'un ton menaçant. Si tu veux, je peux te trouver un gentil ours pour jouer avec.

— Je n'ai besoin de personne.

— Dans ce cas-là, j'ai des outils que tu peux emprunter pour soulager tes envies.

— Beurk.

Et qu'est-ce qu'elle entendait par « outils » ? Ça paraissait plus sinistre qu'un vibromasseur.

— Je te signale que je stérilise mes jouets mieux que n'importe quel cabinet médical.

— Est-ce qu'on peut arrêter de parler de sexe ? Je n'ai pas envie de coucher avec un ours ni un morceau de plastique.

— Ne me dis pas que cet humain avec qui tu baisais te manque ?

Elle se mordit la langue pour ne pas rétorquer qu'ils avaient fait plus que *baiser*. Mais dans ce cas-là, cela voulait dire qu'il comptait pour elle. Elle lui tira la langue.

— Pff. Même pas en rêve.

Sa tante eut un regard sournois.

— Tant mieux si tu n'en as plus rien à faire de lui.

— Pourquoi ? ne put-elle s'empêcher de demander, même si elle savait qu'elle n'aimerait pas la réponse.

— Parce qu'il est pile mon genre d'homme, dit sa tante avec un lent sourire diabolique. Corruptible.

Grrr. Avant même de réfléchir à ce qu'elle faisait, Melly se jeta sur sa tante. Mais cette jalousie qui l'aveuglait ne faisait pas le poids face à une lionne expérimentée. Tatie l'esquiva rapidement et lui donna un coup de poing qui l'envoya balader plus loin, culbutant au sol avant de se relever en faisant la roue.

Tatie n'avait pas terminé. Elle donna quelques petits coups à Melly, lui fit une clé de bras et lui donna ensuite une fessée ferme avant de la réprimander.

— T'es lente, ma belle. Toujours trop lente. Et idiote. Tu t'en prends à moi, sérieusement ?

Tout était vrai. Comme Melly l'avait attaquée en premier, elle ne pouvait même pas lui en vouloir.

— Pardon.

— Je te pardonne cette fois-ci.

Tatie souffla sur ses ongles, vérifiant son vernis.

— Alors comme ça tu n'en as plus rien à faire de lui, hein ?

Melly s'épousseta.

— Je vérifiais juste tes réflexes.

— Je suis en pleine forme. Justement, hier soir le type que j'ai chopé au bar m'a dit que...

Plutôt que d'écouter sa tante parler de ses conquêtes et la narguer pour son manque d'acuité avec les hommes, elle se dirigea vers la maison. Elle avait l'intention de retourner au lit et de fixer le plafond du regard et peut-être frapper dans la décoration qu'elle avait accrochée aux chevrons. Sauf que tante Marissa la stoppa net avec une simple remarque.

— Avant que tu t'en ailles, je devrais peut-être te dire pourquoi je suis venue te trouver. Est-ce que ça te dit de te joindre à nous pour une partie de chasse ?

Pendant un court instant, l'idée de courir à travers les bois la séduisit.

Oui. Courir. Poursuivre. Chasser. Ça ne pouvait pas lui faire du mal de se dégourdir les jambes et de respirer l'air frais de la forêt.

Mais pour cela, elle devait arrêter de se morfondre. Ça lui paraissait trop tôt. Elle voulait pleurer la perte de ce qu'elle n'avait jamais eu, mais désirait plus que ce qu'elle croyait.

— Non, merci.

— C'est probablement mieux ainsi puisque tu t'es ramollie.

— Comment ça ? demanda Melly en pivotant.

— Si tu t'étais occupée de ce type du fisc dès le départ, on n'en serait pas là. Enfin, Melly, fréquenter d'autres personnes que celles de son espèce ? Que dirait ta mère ?

Beaucoup de choses. Mais elle avait surtout envie d'entendre ce que sa tante avait encore à lui dire.

— Comment ça on n'en serait pas là ? Arik s'est occupé de Theo et de son enquête.

Le feu pour effacer les preuves physiques, une équipe de hackers pour les traces électroniques, des nettoyeurs pour le bureau de l'IRS et un sérum pour faire oublier à cet homme qu'il avait failli faire ronronner une lionne. Puis il y avait eu cette mascarade ridicule pour les faire passer pour des amateurs de fourrures. Ils étaient libres et blanchis.

— On croyait tous que c'était terminé, et voilà que ton petit humain rusé a réussi à trouver le ranch. À croire que quelqu'un l'a amené ici avant de le relâcher dans les bois pour s'amuser.

Elle écarquilla les yeux. La pleine lune était dans deux jours et une compétition sanglante entre deux groupes de prédateurs aurait bientôt lieu.

— Theo est ici ?

— Comme je te l'ai dit, heureusement que tu n'en as plus rien à faire de lui.

Tatie s'éloigna.

Melly bondit devant elle.

— Où est-il ?

Sa tante l'évalua du regard.

— Pourquoi ça t'intéresse ?

— Je ne sais pas ! cria-t-elle.

C'était la vérité. La seule certitude qu'elle avait, c'était qu'elle devait le retrouver.

Protéger. Ce qui est nôtre. Sa féline faisait les cent pas, poussant pour sortir.

— Si tu le veux à ce point, alors tu ferais mieux de partir. Ton gars du fisc est dans les bois.

— Où ça, dans les bois ?

Parce qu'ils s'étendaient sur des centaines d'hectares.

— Comme si j'allais autant te faciliter la tâche. Tu es une chasseuse. Trouve-le toi-même. Mais comme tu es ma nièce préférée, je t'aide un peu.

Tatie sortit un sac plastique de sa poche. Quelques secondes plus tard, elle agita la cravate de Theo.

Comment avait-elle pu mettre la patte dessus ?

Melly faillit perdre son temps à étrangler sa tante pour obtenir des réponses, mais Tatie ne révèlerait jamais son emplacement. Elle était trop perverse pour ça.

Cependant, Melly connaissait les bois mieux que personne. Elle avait passé toute son enfance là-bas, chassant dans la forêt, apprenant l'odeur et les traces de chaque être vivant.

En tant que lionne.

Elle avait besoin de sa moitié, de sa vitesse, de son incroyable sensibilité. Elle enleva ses vêtements qui tombèrent en une pile sur la pelouse alors qu'elle s'élançait vers la lisière de la forêt. Sa lionne jaillit, se libérant en faisant éclater sa fourrure, ses crocs et ses griffes. L'exaltation d'être sous son autre forme lui arracha un rugissement.

Qu'il serve d'avertissement. La lionne ne dormirait pas cette nuit.

Entrant dans les bois, elle se mit à traquer, filtrant les odeurs et les bruits, remarquant chaque brise et les parfums qu'elle transportait. Elle courut, plus vite qu'elle ne l'avait jamais fait, son cœur lui martelant la poitrine, guidée par l'adrénaline et la peur. Et si elle arrivait trop tard ? Même si la chasse à l'homme était contraire à leurs lois, il y avait parfois des accidents – et parfois ce n'était pas un accident, surtout lorsqu'il était question d'humains curieux qui en savaient trop.

Pourquoi est-ce que sa tante l'avait amené ici ? Est-ce qu'Arik avait menti ? Est-ce que Theo était condamné quoi qu'il arrive ?

Elle ne les laisserait pas le tuer. Elle ne pouvait pas.

Parce qu'il est à nous, dit sa lionne comme si c'était un fait. Certainement pas. Melly comprenait surtout les problèmes que cela pourrait causer. Les disputes au sein de sa famille. Les difficultés qu'ils pourraient avoir en essayant de faire des petits. Le fait qu'il ne serait pas capable de faire face à son secret.

Dès l'instant où elle le trouva, tous ces doutes s'envolèrent. Il ne restait plus qu'un seul instinct. Il fallait qu'elle le sauve. Ce qui n'allait pas être facile étant donné qu'il était encerclé par des ours. Au moins, il avait fait preuve d'assez de bon sens pour grimper à un arbre. Il paraissait exténué avec ses lunettes de travers, mais il avait de quoi. Il s'accrocha fermement alors que le plus gros des grizzlis secouait le tronc.

Ne comprenaient-ils pas que si Theo tombait, il se briserait en deux ?

Ils essaient de lui faire du mal.

Grrrr !

Elle bondit vers eux avec un rugissement puissant et les cinq ours présents se levèrent sur leurs pattes arrière en soufflant.

Ils la provoquaient ? Sur le territoire du clan ? C'était hors de question.

Elle s'approcha du plus gros et grogna. Percy, qu'elle reconnut à l'odeur, battit en retraite. En le voyant s'éloigner, les autres s'écartèrent également. Elle leva les yeux vers l'arbre. Theo resta bouche bée. Il allait bientôt être encore plus surpris, car il n'y avait pas moyen d'éviter ce qui allait suivre.

Melly reprit forme humaine, nue mais sans crainte, pour affronter les ours.

— Melly ? s'exclama Theo qui était perdu.

Il connaissait son prénom ? Elle leva les yeux vers lui.

— Tu te souviens de moi ?

— Bien sûr que oui.

— De quoi tu te souviens exactement ? Tu te souviens de mon prénom parce que tu l'as lu dans un dossier ou parce que tu avais ta tête entre mes cuisses ?

— Mais qu'est-ce que tu racontes ? Je sais qui tu es. Comment pourrais-je oublier la femme qui m'a assommé ? grogna-t-il.

Alors il se souvenait.

— Je l'ai fait pour une bonne raison.

— Ça te dérangerait de m'expliquer ?

— Dans une minute. Laisse-moi d'abord m'occuper de ces imbéciles.

Se focalisant à nouveau sur les ours, elle croisa les bras et tapa du pied.

Percy se transforma.

— Je ne suis pas un imbécile.

— Tu chasses un humain sur le territoire du clan ?

— On a eu la permission.

Évidemment. Maudite tante.

— On n'allait pas le manger, déclara un petit gars qui avait mis sa main devant son entre-jambes. La dame a dit qu'on pouvait l'emmerder un peu et le chasser de la propriété.

— Et moi je suis là pour vous dire que ce n'est pas bien. Laissez-le tranquille.

— Oui bah, si tu n'étais pas intervenue on aurait pu. Mais tu sais que maintenant on ne peut plus, répondit Percy. Il nous a vus. Il sait.

C'était l'une des seules raisons que pouvait avoir un métamorphe pour justifier de porter un coup fatal.

Alors elle lui dit la seule chose qui permettrait de laisser Theo tranquille.

— Il est mon âme sœur.

---

1. Grande maison hantée à San Jose, en Californie

CHAPITRE QUATORZE

Si Theodore croyait que le moment le plus étrange de sa journée serait de se faire kidnapper par la tante de Melly avant d'être jeté au milieu de la forêt, il avait tort. Tellement tort.

Il avait erré, perdu, pendant au moins une heure avant de tomber sur des ours couchés sous un framboisier, l'air ivre, le museau recouvert de purée de fruits. Ils étaient vite sortis de leur torpeur et il avait essayé de faire marche arrière mais avait marché sur une petite branche. Qui avait une ouïe assez développée pour entendre le petit craquement ?

Des ours !

Theodore s'était enfui avec hâte. Il pensait les avoir semés, mais soudain, ils les avaient vus sortir des bois en fonçant vers lui. Il avait dû rapidement grimper sur quelque chose pour être hors d'atteinte. Ce n'avait été qu'en y repensant qu'il s'était souvenu que les ours aimaient bien les arbres.

Il avait été persuadé de finir en caca d'ours recouvert de framboise quand un lion était apparu. Il n'avait pas de crinière et c'était donc une femelle. Mais pas n'importe quelle femelle puisqu'il s'agissait de Melly.

La lionne se transforma en cette femme avec qui il avait couché, et c'est là qu'il comprit que tout ça était manifestement un rêve. Un rêve qui paraissait très vivant.

Ce qui était bizarre, c'était tous ces éléments fantastiques. Melly en tant que métamorphe et les ours aussi. C'était complètement farfelu puisque tout le monde savait que seuls les loups-garous avaient cette aptitude, enfin, si l'on croyait à ce genre de chose.

Le fait de réaliser que tout ça n'était qu'un rêve lui permit de descendre facilement de l'arbre. Il n'avait rien à craindre. Au pire, il se réveillerait.

Melly l'observa attentivement.

— Est-ce que ça va ?

Il avait envie de lui dire tout un tas de choses, mais ils avaient un public. Sans oublier qu'elle était nue et que tout ce dont il avait envie, c'était de...

Oh et puis merde. C'était un rêve. Personne n'était vraiment en train de les regarder et elle venait de dire qu'il était son âme sœur. Il l'attira dans ses bras, impressionné par sa peau chaude qui lui semblait si réelle et la souplesse de ses lèvres. La morsure tranchante de ses dents contre sa lèvre lui coupa le souffle, puis la douleur passa et il sentit la saveur cuivrée de son sang. La violence de son geste ne fit qu'accentuer son désir. Il eut envie de plus et la mordit en retour, mêlant leur sang, leur souffle, leur passion.

C'était la raison qui l'avait poussé à se rendre à sa résidence : ce qu'il ressentait quand il était avec elle. Il aimait l'homme qu'il devenait en sa présence.

Il apprécia beaucoup moins le comportement des ours qui criaient et sifflaient dans son dos.

— Eh ben, on a un spectacle en direct, déclara quelqu'un.

— Tu penses qu'on peut vous rejoindre ? demanda un autre.

— Allez-vous-en, grogna Theo. C'est *mon* rêve.

— Oh, Theo, soupira doucement Melly. Tu ne rêves pas.

— Bien sûr que si. Les lions et les ours, puis toi et ton ex. C'est mon subconscient qui me joue des tours.

— Tu es réveillé, Poindexter. Tout ce que tu as vu est bien réel.

— Impossible.

Il fit un pas en arrière.

— Je t'assure que si. Je suis une métamorphe. Une lionne pour être exacte.

Il secoua la tête, toujours dans le déni.

— Les métamorphes n'exi...

Il n'eut pas le temps de terminer sa phrase, car quelqu'un le frappa dans le dos. C'était l'ex, le gars costaud et poilu qu'il avait déjà vu au restaurant, et ce dernier était nu.

— Félicitations, mec. On n'aurait jamais cru voir Melly se poser un jour. Et encore moins avec un humain.

Sa remarque lui parut dévalorisante, mais vu que quelques secondes plus tôt Percy était un putain d'ours géant, il ne comptait pas faire de commentaire.

— Les métaphores existent, avoua Melly qui n'avait pas honte de sa nudité.

Tout le monde était nu sauf lui. Était-ce bizarre de se sentir trop habillé ?

À vrai dire, vu la taille des hommes qui étaient passés d'ours à géants en chair et en os, il avait peut-être même besoin de plus de couches de vêtements. Le facteur d'intimidation était assez énorme.

— Tu es une métamorphe lionne, répéta-t-il.

La réalité le frappait progressivement alors que tout prenait son sens.

— Tu n'es pas la seule, ce qui veut dire que le Groupe du Clan n'a jamais fait de trafic d'animaux exotiques. Et ce ne sont pas des férus de fauves non plus.

En tout cas, ils n'avaient pas besoin de porter de costume.

— La plupart des gens dans cette résidence sont comme moi.

— Des lions ?

Il jeta un coup d'œil à Percy.

— Mais vous, vous êtes des ours.

— Et fiers de l'être !

Le grand costaud contracta ses muscles et sourit.

Melly prit le visage de Theodore dans ses mains et le força à la regarder.

— C'est une meute d'ours qui vit dans l'état voisin.

— Vous êtes combien en tout ? demanda-t-il.

Parce que si toute cette résidence était remplie de lions... ça faisait beaucoup de griffes et de crocs qui vivaient en liberté au lieu d'être en cage dans un zoo. Il eut honte de cette pensée dès l'instant où elle lui traversa l'esprit.

— Assez pour que tu ne puisses vraiment le dire à personne.

— En parlant de ça, comment se fait-il qu'il soit ton âme sœur s'il vient à peine d'apprendre notre existence ?

Le plus petit des gars les observa tous les deux.

Melly se mordit la lèvre.

— Je n'ai pas eu le temps de lui dire.

— Il y a beaucoup de choses que tu n'as pas eu le temps de me dire ! s'énerva Theo. Tu comptais m'en parler un jour au moins ?

— Te dire quoi ? Ah au fait, Poindexter, je suis une lionne. Comment ça se serait passé à ton avis ? dit-elle en secouant la tête. Tu n'étais jamais censé le savoir. Le sérum qu'on t'a injecté devait effacer tes souvenirs. Te faire oublier moi, l'enquête, tout. J'imagine qu'en te kidnappant, ma tante a tout gâché.

— Quel sérum ? demanda-t-il en se frottant la tête. Tu sais quoi, je préfère ne pas savoir. Je suis allé chez toi pour te parler et m'excuser de t'avoir menti et te demander de me laisser une chance pour tout arranger. Sauf qu'il s'avère que ton secret est pire encore.

— Je n'irais pas jusque-là.

— Tu es un énorme chat.

— C'est vrai.

— Je suis allergique aux chats.

— Tu es sûr de ça ? Parce que tu n'es pas en train d'éternuer là, souligna-t-elle.

— Pour le moment, mais ça va venir. Ça vient toujours, répéta-t-il de façon sinistre.

— N'en sois pas si sûr, marmonna-t-elle.

— Ce qu'elle veut dire par-là, c'est que les humains qui se mettent en couple avec des métamorphes sont souvent plus résistant aux infections. Et les allergies en font partie, dit un type qui avait fait l'effort de trouver une branche pour la mettre devant son engin.

— On ne peut pas être en couple puisqu'on ne sort même pas ensemble, dit-il d'un ton ferme.

Ce qui était totalement en contradiction avec ce qu'il pensait vouloir avant d'être kidnappé.

— Sortir ensemble, ricana Percy. T'as beaucoup à apprendre mon frère.

— Et c'est moi qui lui expliquerai tout, déclara Melly en passant son bras autour du sien, essayant de l'éloigner.

Mais il n'était pas prêt pour elle. Pour tout ça.

Il s'écarta.

— Non. Si tu avais voulu m'expliquer, tu l'aurais fait au lieu de me fuir.

— C'était censé être pour ton bien. Je te sauvais la vie, siffla-t-elle.

— Je n'ai pas besoin de ton aide.

— Oh si. Maintenant que tu connais notre secret, tu es coincé avec nous.

— Tu vas me tuer si je refuse de devenir ton serviteur ? rétorqua-t-il d'un air sarcastique.

— Je ne vais pas te tuer, dit-elle.

— Mais nous, oui, dit Percy en contractant ses muscles avant de taper dans son poing.

— Vas-y, essaie mon grand, le menaça Theodore qui n'était pas d'humeur pour ces conneries.

— Ah, il ne se laisse pas faire, annonça un des hommes nus. Dommage qu'il joue pour l'équipe adverse.

— Touche à mon homme et je te ferai chanter comme un soprano, Derek, grogna Melly.

— Allons les enfants, dit Madame Vandercoop qui apparut soudain, jetant un regard lascif à Percy qui rougit et essaya de se couvrir. Sommes-nous obligés de nous chamailler ?

— C'est toi qui as fait ça ! s'énerva Melly en pointant sa tante du doigt.

— Parce que tu étais trop têtue pour t'en charger toi-même. Ne me dis pas que tu es vraiment en colère, dit madame Vandercoop d'un ton narquois.

Melly pinça les lèvres. Elle avait l'air furieuse et serrait les dents mais parvint à lui répondre :

— Je vais te tuer.

— Mais de rien. Je suis contente que tout soit réglé. Et juste à temps pour le tirage au sort qui déterminera qui aura la balle en premier pour le match de demain, dit sa tante en tapant des mains.

— Le dernier arrivé doit utiliser du papier toilette de mauvaise qualité ! cria Derek qui se métamorphosa soudain dans un spectacle étourdissant où sa chair se transformait en fourrure.

En moins d'une minute, tous les ours disparurent, laissant Theodore avec Melly et une cougar habillée en humaine.

— Tu peux me remercier maintenant qu'ils sont partis, dit Mme Vandercoop avec un rictus.

— Tu aurais dû te mêler de tes affaires, gronda Melly.

— Et manquer le spectacle qui est sur le point de commencer ? lâcha sa tante avec un sourire. Ta mère va vriller quand elle va l'apprendre.

— J'imagine que tu vas te précipiter pour le lui dire ? dit Melly en haussant un sourcil.

— Tu préfères peut-être le faire toi.

Theodore les regardait toutes les deux, essayant de comprendre le sens de cette conversation. Mais il échoua. Il n'y avait rien de sensé et rien qui ne faisait écho à ce qu'il croyait connaître. Il s'assit, soudainement accablé par tout cela.

Melly s'accroupit devant lui.

— Je ne laisserai pas ma mère te faire du mal.

— Et si je ne la rencontrais pas tout simplement ?

— Comme si c'était possible. Tu es l'âme sœur de sa fille, c'est un lien qui dure jusqu'à ce que la mort vous sépare.

— Je n'ai jamais dit que j'acceptais.

Même si l'idée même accélérait son rythme cardiaque. Maintenant qu'il s'était remis de son choc initial, il éprouvait une certaine curiosité. Melly n'était pas une criminelle. L'enquête ne justifiait plus qu'ils soient séparés. Il n'y avait désormais plus que la vérité entre eux – et toujours autant de passion.

— Retournons à la ferme et j'essaierai de tout expliquer.

Il se frotta le visage.

— Je préfèrerais que l'on discute ailleurs.

Rien que d'imaginer être entouré de prédateurs...

— Je ne peux pas partir. Pas avant le match de football demain. C'est un peu une tradition.

— Ils n'ont quand même pas besoin de toi pour faire la pom-pom girl sur la ligne de touche, si ?

Elle cligna des yeux dans sa direction.

— La pom-pom girl ? Oh, mon imbécile de Théo. Je suis la meilleure running-back[1] du clan.

---

1. Joueur de football américain qui porte le ballon dans l'équipe offensive

CHAPITRE QUINZE

Tout ne se passa pas exactement comme Melly l'avait imaginé. Theo n'était pas ravi de la voir. Pourtant, en apprenant qu'elle était une métamorphe, il le prit mieux que prévu. Jusqu'à ce qu'elle se transforme pour retourner à la ferme.

Il hurla :

— Oh nom d'une pipe !

Si elle avait pu rire, elle l'aurait fait. Au lieu de ça, elle s'assit et le regarda. Autant se débarrasser de cette partie le plus rapidement possible. Il resta figé en l'observant durant un long moment, puis il tendit la main vers elle d'un air hésitant. Prenant son courage à deux mains, il frotta le haut de sa tête, caressant sa fourrure et ses oreilles, sachant instinctivement ce qui lui plaisait. Rapidement, elle se roula par terre face à ses caresses, tapant presque la patte sur le sol de plaisir.

— Tu es douce, dit-il.

De partout.

— Et tu ne sens pas mauvais.

Une remarque qui la poussa à traîner ses crocs le long de son bras.

Il se figea.

— Tu es jolie ?

Elle accepta le compliment, même s'il était plein d'hésitation. C'était beaucoup à encaisser pour lui.

Quand elle se leva pour marcher, il garda une main sur elle et parla à voix haute :

— Je n'ai jamais eu l'occasion de te le dire, mais tu m'as manqué. Ce qui est stupide, je sais. Je veux dire, ça doit faire quoi, quarante-huit heures depuis qu'on s'est vus la dernière fois ? Et pourtant... ça m'a paru plus long.

Une éternité.

— Je suis parti te voir à ton appartement. Pour te promettre de ne plus rien te cacher et pour voir si tu étais d'accord pour qu'on se revoie.

Le rythme cardiaque de Melly s'accéléra et elle faillit le plaquer au sol pour le lécher de la tête aux pieds, mais la ferme n'était plus très loin. Elle pouvait attendre encore un peu.

— J'imagine que je comprends pourquoi tu m'as évité.

Pas par choix, mais elle ne pouvait pas encore lui dire.

— Alors qu'est-ce qu'on fait maintenant ? J'ai l'impression que Percy et les autres ne rigolaient pas quand ils disaient vouloir me tuer et enterrer mon corps là où personne ne le trouverait.

— Grrr.

Cela le fit sursauter, mais il comprit que ce n'était pas pour lui.

— Heureusement que je ne compte en parler à personne. Et pas seulement parce qu'on ne me croirait pas. Je ne ferai rien qui ne puisse te faire du mal, Melly. Tu as ma parole.

Elle était prête à parier que cette parole valait son pesant d'or.

Il baissa les yeux.

— Est-ce que c'est bizarre si j'ai l'impression qu'on est faits l'un pour l'autre ?

Tiens donc. Comme quoi, même les humains aussi pouvaient sentir que c'était le destin.

En arrivant à la ferme, personne ne trouva cela étrange que ses fesses poilues soient suivies d'un humain. Si quelqu'un avait osé dire quelque chose, elle aurait sorti les griffes, mais tout le monde se tut et pour une fois, Theo ferma sa bouche.

Jusqu'à ce qu'ils atteignent sa chambre et qu'elle se transforme. Deux fois en une journée. Ça l'avait épuisée et elle se laissa retomber sur le lit, nue.

— J'ai besoin de faire une sieste.

— Je croyais obtenir des réponses à mes questions.

Elle le regarda en n'ouvrant qu'un seul œil.

— Je suis née comme ça. Mon peuple existe depuis la nuit des temps. Tu ne te transformeras pas en animal, sauf si tu fais l'amour avec moi peut-être, lui dit-elle avec un clin d'œil.

— Seulement avec toi alors ?

— Pourquoi, tu convoitais quelqu'un d'autre ? grogna-t-elle soudain bien réveillée.

Il sourit.

— Non. Je vérifiais juste qu'on était exclusifs.

Comme un couple.

Un couple d'âmes sœurs.

La fatigue la quitta et elle lui fit signe d'approcher.

— Viens-là.

— On a fini de parler ?

— Pour le moment. Tu m'as manqué.

Il se jeta sur elle, sa bouche chaude et vorace, sa queue dure et prête. Il la chevaucha, puis elle fit de même. Ils passèrent la nuit à rattraper ces deux jours qu'ils avaient passés loin l'un de l'autre avant de s'endormir, entremêlés sur son petit lit.

La porte du grenier s'ouvrit en grand, les faisant tous les deux sursauter.

Theo, qui se trouvait en dessous, n'eut pas à s'inquiéter de tomber du lit, mais elle qui était au-dessus, n'eut pas le temps de bouger avant qu'on ne l'attrape par la cheville et la suspende dans les airs.

Ah, quelle joie d'être la plus petite dans une famille de grands géants blonds.

Sa mère lui jeta un regard noir.

— Alors comme ça c'est vrai. Tu t'es mise en couple avec un humain.

— C'est mon âme sœur à vrai dire. Mère, je te présente Theo.

La cheffe de l'armée du clan, connue sous le nom de Goldie la tueuse, ricana.

— Pas la peine de retenir son prénom, puisqu'après le petit-déjeuner il sera mort.

CHAPITRE SEIZE

— Non, Maman, tu ne le tueras pas ! cria Melly, toujours suspendue dans les airs alors que sa mère la tenait.

Theodore comprit rapidement la situation, mais ne savait absolument pas quoi faire. Il y avait quelque chose d'assez intimidant chez cette femme plus grande qu'un homme et qui ne cachait pas son aversion pour lui.

— Je suis la cheffe de famille. Je ferai ce qui doit être fait.

— C'est mon âme sœur !

Melly se tortilla et finit par se remettre debout, mais cela ne stoppa pas la dispute avec sa mère.

Qui le concernait.

— Soit tu te débarrasses de lui soit je le fais ! déclara Mme Goldeneyes.

— Theo n'ira nulle part. Je l'ai revendiqué. Tu m'as entendue ? Je. L'ai. Revendiqué. Il est à moi.

En d'autres circonstances, il aurait contesté en disant qu'il n'appartenait à personne, mais vu la situation, cela lui semblait plus judicieux de se taire.

— Il est *humain*, dit-elle d'un ton méprisant, une fois de plus.

— Je m'en fiche, rétorqua Melly d'un ton véhément qui le réchauffa et pas seulement à force de rougir parce qu'il était nu sous les draps.

Il roula hors du lit et enroula le drap façon sarong. La dispute continuait.

— Comment puis-je être sûre que tu ne le revendiques pas seulement pour me faire honte ?

— Si j'ai envie de te faire honte, je le ferai.

— S'il est à toi, prouve-le.

— Je sais que tu sens ma marque d'ici.

— Tout le monde peut mordre un humain. Je veux que tu me prouves que c'est le destin.

— Sérieux ? Pff, OK. Qu'est-ce qui te ferait plaisir ?

Madame Goldeneyes se tapota la lèvre en réfléchissant et son regard devint froid et calculateur.

— Assure-toi que le clan gagne le match de football aujourd'hui.

Bizarrement, cela fit beaucoup rire Melly.

— C'est tout ? C'est du gâteau. On gagne tous les ans.

— Donc tu es d'accord ? demanda Mme Goldeneyes qui semblait satisfaite de sa réponse.

— Oui je suis d'accord. Si je gagne, tu nous laisses tranquilles Theo et moi.

— Marché conclu. Mais si tu perds...

Pas besoin de terminer cette phrase sinistre.

— Le clan ne fera pas que gagner. On aura au moins deux touchdown d'avance, déclara Melly avec audace avant que Theo n'intervienne.

Il avait le sentiment qu'elle était tombée dans un piège et le rictus de Mme Goldeneyes le confirma quelques instants plus tard.

— Parfait. Je te regarderai depuis les gradins. Oh et d'ailleurs, j'imagine que c'est le bon moment pour te signaler que ta meilleure quater back est en train de vomir dans les toilettes du rez-de-chaussée. Une histoire de liqueur périmée.

Le sourire de Melly s'effaça.

— Patricia est indisponible ? Ce n'est pas grave. On a toujours Lily.

— Non, elle ne pourra pas être là. C'est aujourd'hui qu'elle passe un casting pour une émission de TV. Ne t'inquiète pas, tu as toujours Robin.

Vu le gémissement de Melly, il comprit que ce n'était pas une bonne chose.

— Robin n'est pas une bonne quater back ? demanda Theo.

— Oh, si, elle joue bien. Le problème, c'est qu'on perd au moins un quater back par match. On a tendance à jouer brutalement, expliqua-t-elle.

Il comprit ce qu'elle voulait dire en parlant de

brutal, deux heures après que l'énorme petit-déjeuner ait été servi. Il n'avait jamais vu autant de pancakes – par assiette. Lorsqu'il ne mangea que deux des huit et déclara qu'il était rassasié, plusieurs fourchettes vinrent piquer dans son assiette. Quant au dernier morceau de bacon qu'il ne put avaler, lorsqu'il le donna à Melly il sentit plusieurs regards jaloux posés sur lui.

Il y eut beaucoup de raillerie bon enfant et plus d'un regard pointé vers lui, mais à part une remarque – « Ah regardez, le clan s'est trouvé une mascotte ringarde ! » – tout le monde le laissa tranquille.

Ce ne fut que lorsque Melly s'en alla pour se préparer pour le match qu'il s'inquiéta.

Notamment parce que sa mère lui bondit dessus, littéralement, sautant depuis le toit du porche, attrapant son bras avant de déclarer :

— Tu vas t'asseoir avec moi. Comme ça, si le clan ne gagne pas, je ne perdrai pas de temps à te pourchasser.

Il n'avait aucun moyen d'appeler à l'aide et même s'il le faisait, que dirait-il ? *Salut, tu peux venir me sauver des métamorphes qui prévoient de me tuer si les lions perdent contre les ours ?* Personne ne le croirait jamais. Les versions NFL[1] de ces équipes ne jouaient même pas ce week-end !

Le terrain de jeu était entouré de tout un tas de personnes et sièges étranges. Des chaises de jardin, des coussins, couvertures et même quelques tables de pique-nique que transportaient des gens aux cheveux dorés. Il y avait tellement de chevelures blondes de partout que les cheveux bruns de Melly se démarquaient du reste. C'était d'ailleurs bizarre que sa lionne n'ait pas la même teinte que les autres.

Mais c'était encore plus étrange qu'il accepte cette facette d'elle. Il avait hâte d'en apprendre plus car visiblement les métamorphes existaient depuis un certain temps et parvenaient à co-exister avec les humains.

— Tu parais sérieux, humain. Est-ce que tu penses déjà à ton sort funeste ?

— À vrai dire, je me demandais comment cela se faisait que tout le monde connaisse les loups-garous mais ne sache rien sur vous.

Mme Goldeneyes retroussa les lèvres.

— Parce que ce ne sont que des imbéciles. Les loups qui appartiennent à des meutes ont tendance à être encadrés par leur alpha, mais parmi eux plusieurs loups solitaires ne peuvent pas s'empêcher d'effrayer les citadins et d'enlever les femmes pour le plaisir.

— Et quand les gens – il ne pouvait se résoudre à dire les humains – le découvrent, vous les tuez ?

— Pas tous. Parfois, on se moque tellement d'eux qu'ils finissent par remettre en question ce qu'ils ont cru voir. D'autres sont drogués pour les faire oublier. Et puis il y a ceux qui finissent par être des nôtres.

Il écarquilla les yeux en disant :

— Je croyais que Melly avait dit que vous naissiez ainsi !

Elle éclata de rire.

— Bien sûr que nous sommes nés ainsi. Quand je dis qu'ils finissent par être des nôtres, je veux dire par-là qu'ils s'accouplent avec un membre du clan, de la meute ou de tout autre groupe dont ils ont pris connaissance.

— Et en quoi cela les oblige-t-il à se taire ?

Elle posa son regard doré sur lui.

— Parce que si les humains trahissent leur âme sœur, leur mort est longue et douloureuse. Dans la plupart des cas, c'est plutôt dissuasif et quand ce n'est pas le cas, une vidéo sert de rappel à ceux qui pourraient avoir envie d'ouvrir leur bouche.

Ce n'était pas très viril de déglutir avec difficulté car l'on avait peur, pourtant, il ressentit un petit tremblement. Son monde tout ordonné avait été totalement chamboulé. C'était difficile d'être courageux quand on était assis à côté de quelqu'un qui ne culpabilisait pas du tout de le tuer.

Le match commença par un rugissement. Les ours contre les lions avec l'équipe des ours composée d'hommes et de femmes, mais du côté des lions...

— Il n'y a que des filles.

— Je rêve ou il vient de traiter les Pires Connasses de « filles » ? chuchota bruyamment quelqu'un derrière lui.

— Seules les meilleures jouent pour l'équipe,

annonça Mme Goldeneyes avec fierté. J'étais bloqueuse offensive dans ma jeunesse. Melly qui est plus petite car elle a pris de son père est rapide, d'où sa position de running-back[2].

Personne ne portait de casques ni de rembourrage, pas même de crampons. Ils étaient seulement pieds nus avec de minuscules shorts de gym et des débardeurs. Les lionnes étaient en noir et or et les ours en rouge et blanc.

Ce qui suivit fut le match de rugby le plus violent du monde, car ce n'était pas le football avec lequel il avait grandi. Il n'y avait pas d'arbitre ni de drapeaux. Juste un jeu endiablé qui le tenait en haleine.

Cette force et cette puissance à l'état brut étaient impressionnantes, mais c'était encore plus passionnant de regarder Melly jouer. Son cœur ne cessait de rater des battements. Elle était plus petite que la plupart des joueurs, mais elle était rapide, saisissant le ballon en plein vol et sprintant aussi vite que le vent. Quand elle marquait, il n'était pas le seul à siffler et taper du pied.

À la fin du premier quart-temps ils avaient deux touchdown d'avance et étaient chauds bouillants. Vers la fin du second quart-temps, quand les lionnes menaient d'un touchdown, leur quater back dut sortir. Le coup porté par un joueur de grande taille avait poussé Robin à bondir. Elle aurait pu s'en remettre si elle avait relâché la balle. Sauf qu'elle ne l'avait pas fait et les ours lui avaient tous sauté dessus. Ils durent évacuer Robin pendant qu'elle gémissait.

Il tressaillit, mais Mme Goldeneyes ricana.

— Elle va bien, c'est juste une mauviette. De mon temps, tant qu'on n'avait pas les os cassés on n'abandonnait pas.

Un temps mort fut exigé et l'équipe de lionne se concerta, agitant les mains dans tous les sens.

— Est-ce qu'elles ont un autre quater-back ? demanda-t-il.

— Non, répondit Mme Goldeneyes en insistant bien sur le « n ».

Alors que le troisième quart-temps débutait, deux personnes essayèrent de prendre la place du quater back. Non seulement elles furent plaquées au sol, mais en plus on les intercepta. Tout à coup, les ours étaient en train de gagner avec un touchdown d'avance et un botté de placement[3]. La situation déjà critique s'empira un peu plus quand Mme Goldeneyes demanda à quelqu'un de venir lui apporter une bâche en plastique pour le sang.

— Il faut que je parle à Melly, murmura-t-il, se levant à côté de maman lion.

— Mieux vaut faire tes adieux maintenant. J'ai envie de te tuer rapidement pour ne pas manquer le début du dîner, dit-elle avec un sourire en agitant la main d'un air enjoué.

Il mit les mains dans les poches alors qu'il descendait vers le banc des lionnes, là où Melly faisait les cent pas, énervée.

— Il y en a bien une de vous qui est capable de faire

une passe longue, non ?

Secouant toutes la tête, aucune n'était disposée à le faire. Melly vit soudain Theo et son visage s'illumina pendant un instant, la joie qu'elle éprouvait en le voyant n'était pas feinte. Réelle. Chaleureuse. Et sur le point d'être interrompue.

Elle l'attira sur le côté.

— Écoute-moi, si ça ne se passe pas comme prévu, retrouve-moi à la lisière de la forêt et on s'enfuira.

— Tu penses vraiment que ta mère va me laisser m'enfuir ? demanda-t-il en haussant les sourcils.

Elle poussa un soupir bruyant.

— Non. Mais je ne peux pas non plus la laisser te trancher la gorge.

— Quelqu'un cherchera forcément à l'arrêter.

Melly jeta un coup d'œil par-dessus son épaule, là où sa mère discutait.

— Ne compte pas dessus. La seule personne capable de faire ça, c'est Arik.

— Ton roi lion ? On ne pourrait pas lui demander l'asile ou quelque chose comme ça ?

— On pourrait, dit-elle lentement.

— Mais ?

— Disons que lui aussi voudrait que tu meures.

— Je croyais qu'il avait épousé une humaine.

— Oui et ils sont très amoureux.

Sous-entendu, Melly et lui ne l'étaient pas.

— Qui a dit que nous ne l'étions pas ?

— Tu m'aimes ? lui demanda-t-elle doucement.

— Je ne sais pas.

Il préférait être honnête.

— Mais je veux le découvrir et pour ça, il faut qu'on gagne ce match, dit-il en regardant le terrain. Que faut-il faire pour pouvoir intégrer l'équipe ?

— Tu as quelqu'un en tête ?

Il allait probablement le regretter. Peut-être même, en mourir.

— Tu as en face de toi une ancienne star du football universitaire.

Elle cligna des yeux.

— Toi ?

— Oui, moi. Je détiens toujours le record de passes réussies dans mon université, je te signale.

— Sauf que tu sais jouer contre ceux de ton espèce. Là, on parle de lion et d'ours.

— J'en suis tout à fait conscient, oui.

— Ils peuvent te pulvériser sur ce terrain.

— Oui. Mais si je dois mourir, je préfère que ce soit en me battant.

Melly se mordit la lèvre inférieure alors qu'elle réfléchissait à sa proposition. Le reste de l'équipe n'avait aucun scrupule.

— Laisse-le jouer ! On le protègera, annonça Joan.

— Alors ? demanda-t-il.

— OK, allons botter les fesses de ces ours.

---

1. National Football League, association d'équipes professionnelles de football américain
2. Coureur qui se place derrière la ligne offensive pour recevoir le ballon du quart-arrière avant d'exécuter un jeu de course
3. Manière d'inscrire des points au football américain

CHAPITRE DIX-SEPT

C'était fou et génial à la fois. Même si Theo et elle s'étaient rencontrés par hasard pour ensuite se mettre accidentellement en couple, cela lui semblait juste qu'il intervienne et ait envie de se battre pour leur avenir ensemble.

Évidemment, sa mère ne voyait pas les choses de la même façon. Elle fut la première à lancer un pari contre lui.

— Je paie des vacances à Tahiti, toutes taxes comprises au premier qui dégomme le quater back humain.

À la grande surprise de Melly, Tatie fut celle qui proposa un contre-pari.

— Moi je parie mon chalet au Colorado contre ta résidence aux Bahamas que non seulement les lionnes gagnent ce match, mais qu'elles auront au moins deux touchdown d'avance.

Avec des enjeux aussi élevés, toute une flopée de paris furent mis en jeu. Et Theo sembla les ignorer. Une fois qu'il eut proposé de rejoindre l'équipe, il n'eut qu'une demi-seconde pour protester alors que plusieurs mains lui arrachaient sa chemise – et certaines connasses faillirent se faire arracher la tête par Melly. Puis, elles lui enlevèrent son pantalon – ce qui valut à Natalya, qui avait osé lui pincer les fesses, de finir sur la touche – le laissant seulement vêtu d'un boxer. L'une des joueuses qui avait des cuisses plus épaisses, lui prêta son short de rechange. Le marcel lui allait plutôt bien et plus d'une des connasses observa son torse avec admiration. Assez pour que Melly soit obligée de leur grogner dessus pour qu'elles s'écartent.

Le mien.

Tout à moi.

Mais pour le garder, elles devaient remporter ce match.

Il dut jouer quelques fois avant de se détendre un peu. Cela devait être assez intimidant de savoir qu'il était le seul humain fragile au milieu de ces métamorphes assoiffés de sang, mais il garda son calme, réussissant un premier touchdown sur leur troisième action, surprenant tout le monde en s'élançant vers une ouverture et en courant sur onze mètres. Il fut assez malin pour se jeter au sol avant de se faire tacler.

Quelques touchdowns plus tard, il fit une passe, une longue et belle passe qui fut repoussée. Mais en sachant de quoi il était capable, Melly s'assura de se placer au bon endroit et attrapa la passe suivante. Elle se fit immédiatement tacler, mais cela n'avait pas d'importance. Ils avaient gagné trente mètres.

Après ça, tout ce qu'elle avait à faire était d'attirer son regard juste avant le coup d'envoi. En fonction de l'inclinaison de sa tête, elle choisissait une direction pour sprinter.

Cours. Cours. Saute. Attrape. Sa lionne lui disait quoi faire et elle l'écoutait, levant aveuglément les mains en l'air et attrapant la balle alors qu'elle aurait pu la manquer.

Elle heurta le sol avec un sourire et courut pour marquer un touchdown. Au milieu du dernier quart-temps, les ours menaient le match de seulement trois points de plus. Elles écrasèrent rapidement les ours quand ce fut leur tour et marquèrent un botté de placement.

Le jeu était serré.

Elle espérait vraiment que mère était en train de suer à grosses gouttes. Elle ne put s'empêcher de lui faire un rictus, ce à quoi sa mère répondit en haussant les sourcils et en disant silencieusement : « Ce n'est pas encore fini ».

Ce fut comme si leur échange avait influencé le cours des choses. Au jeu suivant, elle regarda Percy passer en trombe entre les Pires Connasses, avec horreur. Il fonçait vers Theo qui jeta la balle sur la tête de l'ours. Celle-ci rebondit au moment où ses poings de la taille d'un énorme jambon se retournaient.

Theo l'esquiva mais perdit ses lunettes entre temps.

Crac. Percy les écrasa du pied en s'excusant avec hypocrisie.

— Oups.

Cela ne fit que renforcer la détermination de Theo. Durant le rassemblement suivant, il les regarda toutes d'un air sérieux et dit :

— Melly et Joan vous courez devant. Natalya et Bethany vous reculez en diagonal.

— Et moi ? demanda Meena.

— Est-ce que ça te dit de faire pleurer un grand garçon ?

Il s'avéra que ça lui disait beaucoup, ce qui conduisit Percy à sangloter en sortant du terrain, tenant son paquet endommagé entre ses mains. Plus d'un mâle dans la foule grimaça avec compassion. Mais cela servit d'avertissement – touche à Theo et tu paieras le prix.

Melly jeta un coup d'œil à sa mère et sa tante. Peut-être était-ce un effet d'optique, mais elle aurait juré voir sa mère sourire. Non, quand même pas. Elle avait pourtant fait comprendre qu'elle voulait que Theo meure. Mais Melly n'avait pas le temps de s'inquiéter de ce que pouvait penser sa mère. Il fallait toujours gagner le match.

Comme tous les jeux importants, tout se jouait au dernier moment. Il restait dix secondes. Ils étaient toujours à égalité et avaient fait avancer la balle jusqu'à quinze mètres de la ligne d'essais. Ils auraient pu tenter un botté de placement, mais Theo secoua la tête.

— Il faut que ce soit une victoire décisive.

— On a juste besoin de gagner, grommela Melly.

Il la regarda.

— On fait ça à *ma* façon.

Les Pires Conasses réagirent à son ton autoritaire en lâchant un : « Ouuuh ! » qui le fit rougir.

Melly acquiesça.

— OK.

Tout le monde prit place. La balle fut envoyée en arrière et Theo recula, cherchant à faire une passe propre. Sauf que Melly était bloquée par la défense adverse, tout comme le reste de l'équipe dans la zone d'en-but.

Alors que fit son imbécile d'intello ? Il courut vers la zone d'en-but, marqua un touchdown et le convertit en deux points.

Les lionnes crièrent de joie pendant que Percy, qui s'était remis de sa blessure, s'écria :

— Ne vous emballez pas trop ! Il reste encore trois secondes.

Sérieux ?

Ils auraient pu poser la balle au sol pour faire tourner le chrono, mais l'honneur les poussa à laisser une dernière chance aux ours. Elle vit sa tante chuchoter quelque chose à l'oreille de Theo qui parla ensuite au botteur de précision[1]. Elle aurait dû s'attendre à ce qui suivit ensuite. Un botté court en jeu[2].

Et son abruti de copain fut celui qui réceptionna la balle.

Il courut le long du terrain et les ours prirent un moment pour se regrouper et converger. Alors qu'ils se rapprochaient, Theo sauta et s'élança dans les airs et au moment où il était en plein vol, il croisa son regard et lui fit un clin d'œil.

Il lui fit un putain de clin d'œil avant de lui envoyer la balle. Elle eut le réflexe de l'attraper et de courir pour marquer un touchdown.

Alors qu'on venait lui taper dans le dos pour la féliciter, elle mit un moment à réaliser qu'elle ne voyait plus Theo. Pas sous cette pile de corps qui s'étaient abattus sur lui.

— Lâchez-le ! cria-t-elle en ne se souciant plus du jeu.

Elle et les Pires Connasses commencèrent à repousser les corps à droite et à gauche jusqu'à ce qu'elle retrouve une silhouette immobile au sol.

— Theo, murmura-t-elle avant de s'accroupir à côté de lui, n'osant pas le toucher.

Et si elle empirait la situation ? Il n'était pas aussi solide que les lions.

— Il est mort ? demanda sa mère qui avait quitté son siège pour les rejoindre, observant le compagnon inconscient de Melly.

Melly lui jeta un regard noir.

— T'aimerais bien, hein ?

— Pas vraiment. Il a de bons gènes pour un

humain. Tu savais qu'il a eu de très bons résultats à ses examens d'entrée à l'université et qu'il était premier de sa classe à l'armée ? Ils l'ont renvoyé parce qu'il avait une mauvaise vue. Les idiots. Ils auraient dû lui faire subir une opération au laser.

Melly observa sa mère.

— Tu as enquêté sur lui ?

— Mais qu'est-ce que tu crois ? J'ai enquêté sur tous les hommes avec qui tu as couché. Je ne peux pas te laisser fréquenter de mauvaises personnes.

— Comme un humain par exemple.

— À vrai dire, je voulais dire mauvais dans le sens, qui n'ont pas de morale. Je ne supporte pas les menteurs et les tricheurs. Je ne pense pas que tu auras ce problème-là avec lui. Il est tellement droit dans ses bottes qu'avec lui les souverains passent pour des escrocs.

— Tu me donnes vraiment ta bénédiction ?

— J'ai intérêt si tu veux un jour me donner des petits-enfants.

— Une fois que tu auras des bébés, tu seras la bienvenue dans mon nouvel appartement aux Bahamas, déclara Tatie. C'est un si gentil garçon.

Melly lui jeta un regard noir.

— C'est de ta faute n'est-ce pas ?

— Je n'y peux rien si ton homme aime gagner.

— Qu'est-ce que tu lui as promis ?

— Des places prioritaires au nouveau parc d'attractions Disney *Star Wars*.

— Il aurait pu mourir.

— Mais ce n'est pas le cas et il en a profité pour prouver qu'il était assez fort pour appartenir à cette famille.

Un gémissement provenant du sol attira son attention alors que Theo remuait.

Melly avait toujours peur de le toucher.

— Theo, parle-moi. Dis-moi où tu as mal.

Il roula sur le dos en fermant les yeux.

— Partout.

Je vais te porter jusqu'à la maison pour qu'on t'examine et te fasse un bandage.

Il ouvrit un œil.

— Hors de question. Je vais marcher tout seul, merci.

— Ça fait plaisir de voir qu'il a quand même un côté mâle arrogant, rétorqua sa mère avant de se lever. Si vous voulez bien m'excuser, je vois qu'il y a un ours qui me garde une place dans la queue pour les côtelettes.

Enfin, elle s'occupa surtout d'attraper le mâle costaud, de le jeter sur le côté et de prendre sa place. Personne ne discuta. La réputation de Mère n'était pas souvent mise à l'épreuve, mais apparemment elle pouvait encore surprendre.

— Je n'arrive pas à croire qu'elle soit d'accord pour qu'on soit en couple, murmura Melly.

— Elle n'avait pas vraiment le choix étant donné

qu'on a gagné le pari, déclara-t-il en se mettant en position assise.

— Nous avons seulement gagné parce qu'elle l'a permis.

— Comment ça, permis ? Elle ne pouvait pas savoir que j'allais intervenir pour vous aider.

— N'en sois pas si sûr.

Si Mère avait enquêté sur lui, elle devait être au courant de son passé de footballeur et l'avait testé pour voir quel genre d'homme il était.

Le genre dont une lionne pouvait tomber amoureuse.

— Ça te dit de sauter le dîner et de passer directement au dessert ? lui demanda-t-elle.

Cet idiot crut qu'elle parlait de sexe. Alors qu'elle parlait vraiment de dessert. Ce ne fut que lorsqu'elle remplit leurs assiettes avec tous les desserts présents qu'ils s'échappèrent vers le grenier. Elle mangea une assiette sur le chemin et fut donc prête à se déshabiller une fois que la porte de sa chambre se referma.

Dans sa douche exigüe, il lui permit d'inspecter chaque centimètre de son corps musclé. D'embrasser chaque hématome. De lécher chaque égratignure. Puis de sucer les parties de son corps qui avaient besoin d'être soulagées.

Puis ce fut son tour. Il lécha chaque coin de peau sensible. Aspira ses tétons et ce coin entre ses jambes. Enfonça ses doigts en elle en enroulant sa langue autour de ses mamelons tendus. Puis, il se glissa enfin, son membre dur et glorieux la remplissant parfaitement et quand elle jouit si fort qu'elle se crispa tout entière en laissant échapper un petit rugissement, il lui dit :

— Je t'aime.

— Moi aussi, mais sache que si tu touches à la tarte aux noix de pécan sur la table de nuit, je t'étripe.

Puis, elle lui montra à quel point elle aimait cette fameuse tarte en la léchant autour de son sexe.

Quand ils émergèrent quelques heures plus tard, cherchant à manger, ils furent acclamés par les lionnes et les ours ivres sous les lanternes du patio suspendues tout autour.

— Theo, espèce de coincé, viens boire avec nous !

Elle fut séparée de lui un moment pendant qu'on le célébrait et qu'on lui donnait de la bière et autres boissons alcoolisées. Quand il fut l'heure d'aller se coucher, elle chercha son compagnon qui était assis sous un arbre, à moitié évanoui.

Il sourit et bafouilla :

— Je comprends mieux pourquoi les gens aiment les chats. Approche-toi pour que je puisse caresser ta chatte.

Il dégrisa assez rapidement lorsqu'il sentit la fourrure sous ses doigts. Et lorsqu'il s'endormit, enroulé autour d'elle, ce fut plus agréable qu'un bon bain de soleil.

---

1. Le botteur de précision ou kicker est le joueur chargé du tir des field goals ou bottés de placement, les points bonus après les touchdowns
2. Coup de pied court pour tenter de récupérer la balle et avoir deux possessions de suite. Il doit faire au moins dix yards minimum avant de pouvoir être récupéré par l'attaquant.

ÉPILOGUE

Melly était accroupie sur le toit, vêtue de son uniforme noir en élasthanne, un costume que les Pires Connasses avaient conçu pour leurs missions secrètes la nuit. Elles ne se divertissaient plus avec des bagarres au bar et des courses de poulets sur l'autoroute. Elles avaient de vrais boulots maintenant, elles travaillaient pour l'IRS.

Même si le fisc n'était pas au courant qu'ils avaient officiellement embauché les Pires Connasses. Après que Theo ait démasqué le trafic d'armes de Marney, il eut une promotion et c'est là qu'Arik eut la brillante idée que Theo devienne leur contact interne pour les protéger.

Quel meilleur moyen de faire monter Theo en grade que de s'assurer qu'il continue à résoudre les plus grosses affaires ? Avec un peu d'aide de la part du clan, il démasqua les pires fraudeurs. Les démasquer ne fit qu'accroître sa réputation et comme les connasses ne s'en prenaient qu'aux escrocs, personne ne remarqua les sommes prélevées pour financer leurs achats les plus coûteux.

Ce que son mari, amoureux des chiffres, aimait remettre en question.

— *Pourquoi est-ce qu'on a besoin d'un autre lance-flammes ?*

— *Et si le premier se casse ?*

— *Laisse-moi deviner, l'hélicoptère pour lequel tu as versé un acompte, c'est pour les missions de parachutisme.*

— *Nan, ça, c'est juste pour s'amuser.*

Bizarrement, il ne discuta pas beaucoup lorsqu'elle lui offrit le costume authentique de Dark Vador qui provenait du tournage du film.

La vie était belle pour cette lionne, notamment depuis qu'elle pouvait être elle-même avec son partenaire, son meilleur ami, son amoureux.

Grrr.

QUELQUE PART DANS LE MONDE...

La porte vitrée se brisa, mais Dean ne s'arrêta pas alors qu'il prenait une gorgée du whiskey ambré qu'il venait de se servir.

Une silhouette entra dans la pièce, accrochée à une corde qu'elle détacha avant de retomber sur ses pieds.

La silhouette légère ne semblait pas être armée et une capuche noire cachait ses traits.

Mais il n'eut pas besoin de les voir pour savoir de qui il s'agissait.

— Bonjour, Natasha. Ça fait longtemps.

— Tu veux dire depuis notre nuit de noces ?

Elle balança ses hanches de gauche à droite en s'avançant vers lui.

Tu parles, c'était plus un canular bien arrosé qu'un mariage.

— Ça fait quoi, cinq, six ans ?

Il aurait pu citer le nombre d'heures exactes à la minute près s'il avait voulu. Pff, comme s'il lui donnerait ce pouvoir.

— Ça fait bien trop longtemps. Je suis là pour demander le divorce.

Il haussa un sourcil.

— Et c'est là que je dis que si je me souviens bien, nous avons fait vœu de rester ensemble jusqu'à ce que la mort nous sépare ?

— Si tu insistes.

*Le prochain : **Quand un Tigron se Marie.***

D'AUTRES LIVRES DANS **LE CLAN DU LION**

www.ingramcontent.com/pod-product-compliance
Lightning Source LLC
LaVergne TN
LVHW041628060526
838200LV00040B/1491